파울로 코엘료
Paulo Coelho

전 세계 170여 개국 82개 언어로 번역되어 2억 3천만 부가 넘는 판매를 기록한 우리 시대 가장 사랑받는 작가. 1947년 리우데자네이루에서 태어났다. 저널리스트, 록스타, 극작가, 세계적인 음반회사의 중역 등 다양한 방면에서 활동하다, 1986년 돌연 이 모든 것을 내려놓고 산티아고 데 콤포스텔라로 순례를 떠난다. 이때의 경험은 코엘료의 삶에 커다란 전환점이 된다. 그는 이 순례에 감화되어 첫 작품 『순례자』를 썼고, 이듬해 자아의 연금술을 신비롭게 그려낸 『연금술사』로 세계적 작가의 반열에 오른다. 이후 『베로니카, 죽기로 결심하다』 『11분』 『흐르는 강물처럼』 『브리다』 『알레프』 『아크라 문서』 『불륜』 『스파이』 등 발표하는 작품마다 전 세계적으로 큰 반향을 일으킨다. 2009년 『연금술사』로 '한 권의 책이 가장 많은 언어로 번역된 작가'로 기네스북에 기록되었다. 2002년 브라질 문학아카데미 회원으로 선출되었고, 2007년 UN 평화대사로 임명되어 활동중이다. 2018년 신작 『히피』를 발표했다.

뫼비우스
Moebius

1938년 파리 출생. 17세 때 첫 만화 『프랑크와 제레미』를 출간한 이후 활발한 작품활동을 벌이고 있다. SF 만화 잡지 『헤비메탈』의 전신인 『메탈 위를랑』을 창간했으며, 50여 년 동안 수많은 걸작을 발표하며 SF계에 한 획을 그었다. 리들리 스콧, 뤽 베송, 테리 길리엄 등 많은 영화감독들에게 영향을 주었고, 〈블레이드 러너〉〈에일리언〉〈제5원소〉 등의 영화와 〈타임 마스터스〉〈리틀 니모〉 등의 애니메이션 작업에 참여하기도 했다. 무엇보다도 40년이 넘는 작품 활동을 통해 60종 이상의 캐릭터를 창조하여 널리 대중의 사랑을 받았고 특히 SF 영역에서 독보적인 세계를 구축, 『땡땡』을 그린 에르제 다음으로 영미 만화계에 큰 영향을 끼친 인물로 평가된다. 『연금술사』 표지 그림과 베르나르 베르베르의 『나무』 일러스트를 담당해 국내에도 잘 알려져 있다.

The Illustrated Alchemist

일러스트
연금술사

The illustrated ALCHEMIST
Text by Paulo Coelho | Illustrations by Moebius

Copyright © 1988 by Paulo Coelho
Illustrations Copyright © 1995 by Moebius

Korean Translation Copyright © 2005 by MUNHAKDONGNE Publishing Corp.

This Korean edition is published by arrangement with
Sant Jordi Asociados, Barcelona, Spain (www.santjordi-asociados.com), and
Moebius through Sibylle Books Literary Agency.
All Rights Reserved.
https://paulocoelhoblog.com

The Illustrated Alchemist

일러스트

# 연금술사

뫼비우스 그림 | 파울로 코엘료 장편소설 | 최정수 옮김

**문학동네**

위대한 업의 비밀을 알고,

그 비밀을 사용할 줄 아는

연금술사 J에게

The Illustrated

Alchemist

**차 례**

예수 일행이 여행중 어떤 마을에 들렀을 때, 마르타라는 여자가 자기 집에 예수를 모셔들였다. 그녀에게는 마리아라는 동생이 있었는데 마리아는 주님의 발치에 앉아서 말씀을 듣고 있었다.
시중드느라 경황이 없던 마르타는 예수께 와서 말했다. "주님, 제 동생이 저에게만 일을 떠맡기는데 이걸 보고도 가만두십니까? 마리아더러 저를 좀 거들라고 일러주십시오."
그러자 주께서는 이렇게 대답하셨다.
"마르타, 마르타, 너는 많은 일에 마음을 쓰며 걱정하지만 실상 필요한 것은 한 가지뿐이다. 마리아는 참 좋은 몫을 택했다. 그 몫을 빼앗아서는 안 된다."

〈누가복음〉 10장 38~42절

Prologue

서

연금술사는 대상(隊商)들 중 한 명이 가져다준 책을 손에 들고 있었다. 표지가 떨어져나갔지만, 저자 이름은 알아볼 수 있었다. 오스카 와일드였다. 책 이곳저곳을 훑어보던 그는 나르키소스에 관한 이야기에서 눈길을 멈추었다.

  연금술사는 나르키소스의 전설을 알고 있었다. 물에 비친 자신의 아름다운 모습을 바라보기 위해 매일 호숫가를 찾았다는 나르키소스. 그는 자신의 아름다움에 매혹되어 결국 호수에 빠져 죽었다. 그가 죽은 자리에서 한 송이 꽃이 피어났고, 사람들은 그의 이름을 따서 수선화(나르키소스)라고 불렀다.

  하지만 오스카 와일드의 이야기는 결말이 달랐다.

  나르키소스가 죽었을 때 숲의 요정 오레이아스들이 호숫가에

왔고, 그들은 호수가 쓰디쓴 눈물을 흘리고 있는 것을 보았다.

"그대는 왜 울고 있나요?"

오레이아스들이 물었다.

"나르키소스를 애도하고 있어요."

호수가 대답했다.

"하긴 그렇겠네요. 우리는 나르키소스의 아름다움에 반해 숲에서 그를 쫓아다녔지만, 사실 그대야말로 그의 아름다움을 가장 가까이서 바라볼 수 있었을 테니까요."

숲의 요정들이 말했다.

"나르키소스가 그렇게 아름다웠나요?"

호수가 물었다.

"그대만큼 잘 아는 사람이 어디 있겠어요? 나르키소스는 날마다 그대의 물결 위로 몸을 구부리고 자신의 얼굴을 들여다보았잖아요!"

놀란 요정들이 반문했다.

호수는 한동안 아무 말도 하지 않고 가만히 있다가, 조심스럽게 입을 뗐다.

"저는 지금 나르키소스를 애도하고 있지만, 그가 그토록 아름답다는 건 전혀 몰랐어요. 저는 그가 제 물결 위로 얼굴을 구부릴 때마다 그의 눈 속 깊은 곳에 비친 나 자신의 아름다운 영상을 볼 수 있었어요. 그런데 그가 죽었으니 아, 이젠 그럴 수 없잖아요."

14

"오, 정말 아름다운 이야기다!"
연금술사는 감탄을 터뜨렸다.

Part One

1부

양치기 산티아고가 양떼를 데리고 버려진 낡은 교회 앞에 다다랐을 때는 날이 저물고 있었다. 지붕은 무너진 지 오래였고, 성물 보관소 자리에는 커다란 무화과나무 한 그루가 서 있었다.

그는 그곳에서 하룻밤을 보내기로 했다. 양들을 부서진 문을 통해 안으로 들여보낸 뒤, 도망치지 못하도록 문에 널빤지를 댔다. 근처에 늑대는 없었지만, 밤사이 양이 한 마리라도 도망치게 되면 그 다음날은 온종일 잃어버린 양을 찾아다녀야 할 것이기 때문이었다.

산티아고는 입고 있던 겉옷을 땅바닥에 깔고, 막 다 읽은 책을 베개 삼아 자리에 누웠다. 잠이 들기 전, 그는 이젠 더 두꺼운 책을 읽어야겠다고 생각했다. 다 읽으려면 시간이 더 많이 걸리고, 밤엔 좀더 편안한 베개 역할을 할 수 있도록 말이다.

잠에서 깨어났을 때 사위는 아직도 어두웠다. 고개를 드니 부서져 반쯤 남은 천장 사이로 별들이 반짝이는 것이 보였다.

'좀더 자고 싶었는데.'

아쉬웠다. 지난주와 똑같은 꿈이었다. 이번에도 역시 꿈이 채 끝나기 전에 잠을 깨고 말았다.

산티아고는 일어나서 포도주를 한 모금 마셨다. 그러고 나서 자고 있는 양들을 깨우려 양치기 막대를 집어들었다. 그러나 양들은 대부분 깨어 있었다. 산티아고가 잠에서 깰 때 같이 깨어난 모양이었다. 어떤 신비로운 힘이 자신과 양들을 하나로 묶어 지난 이 년 동안 물과 먹이를 찾아 대지를 떠돌아다니게 하고 있는 것만 같았다.

"저 녀석들은 이제 내게 너무 익숙해져서 내 일과시간을 훤히 꿰뚫고 있지."

산티아고는 낮은 목소리로 중얼거렸다.

그러나 어쩌면 그 반대일 수도 있겠다는 생각이 들었다. 산티아고 자신이 양들의 일과에 익숙해진 것인지도 모를 일이니까.

일어나지 않고 능장을 부리는 양들도 몇 있었다. 산티아고는 막대를 휘두르고, 한 마리 한 마리 이름을 불러가며 그 양들을 일으켰다. 산티아고는 양들이 자신의 말을 알아듣는다고 생각했다. 그래서 때때로 양들에게 감명 깊게 읽은 책의 구절들을 들려주기도 했고, 양치기로 들판을 떠돌며 사는 일의 외로움이나 기쁨을 이야기하기도 했고, 자신이 자주 지나다니는 마을에서 언어들은 이런저런 소식들을 전해주기도 했다.

하지만 이틀 전부터는 한 소녀에 관해서만 입에 올렸다. 그 소녀는 나흘 후에 도착하게 될 마을의 모직 가게 상인의 딸이었다. 딱 한 번 그 마을에 간 적이 있었다. 그 상인은 자기 눈앞에서 깎은 양털만 사는 사람이었다. 일 년 전, 산티아고는 양떼를 이끌고 친구의 소개로 알게 된 그 가게로 갔었다.

▲　▲　▲

"양털을 좀 팔려고 하는데요."

산티아고가 말을 꺼냈다.

가게는 손님들로 분주했다. 상인은 초저녁까지 기다리라고 했다. 산티아고는 가게 앞 길가에 쭈그리고 앉아 배낭에서 책 한 권을 꺼내 들었다.

"양치기들도 책을 읽을 줄 아네요."

옆에서 맑은 여자의 목소리가 들렸다.

칠흑같은 검은 머리에 옛 정복자들인 무어인을 연상케 하는 눈, 전형적인 안달루시아 지방 소녀였다.

"양치기들이 책을 읽지 않는 건 책보다 양들이 더 많은 것을 가르쳐주기 때문이겠죠."

산티아고가 대답했다.

그들은 나란히 앉아 두 시간 넘게 이야기를 나눴다. 소녀는 상인의 딸이었다. 소녀는 따분하기 짝이 없는 시골 마을의 생활을 이야기했고, 산티아고는 안달루시아의 들판과 지나온 마을들에서 보고 겪은 일들을 들려줬다. 늘 양들하고만 이야기하던 산티아고는 소녀와의 대화가 몹시 즐거웠다.

"글 읽는 건 어떻게 배웠어요?"

"다른 사람들과 마찬가지예요. 학교에서 배웠죠."

"글을 읽을 줄 아는데 왜 양치기가 된 거죠?"

산티아고는 소녀가 이해할 수 없으리라는 걸 잘 알고 있었기에 이 질문에는 대답하지 않았다. 그가 떠돌이 양치기 이야기를 계속하는 동안 무어인을 닮은 소녀의 눈은 신기함과 놀라움으로 반짝였다. 산티아고는 소녀의 아버지가 계속 바빠서 그를 한 사흘쯤 기다리게 했으면 싶었다. 소녀와 함께 있는 시간이 영원히 끝나지 않기를 간절히 바라는 마음, 지금껏 한 번도 느껴본 적 없는 욕구였다. 그것은 한 마을에 정착하여 영원히 살고 싶다는 생각, 이 검은 머리 소녀와 함께라면 하루하루가 새로울 것 같다는 벅찬 기대였다.

하지만 시간이 되자 상인은 어김없이 그를 찾았다. 네 마리분의 양털을 깎아달라고 했다. 상인은 값을 치르며 내년에도 또 와달라고 덧붙이는 걸 잊지 않았다.

▲　▲　▲

이제 나흘 후면 그 마을을 다시 찾게 된다. 산티아고는 몹시 흥분되었다. 동시에 불안하기도 했다. 많은 양치기들이 그 가게를 드나들 테니까 소녀는 그를 기억하지 못할지도 모른다.

"당연하지. 나 역시 다른 마을에 사는 소녀들을 많이 알고 있는데 뭐."

그는 아무렇지도 않다는 듯이 양들에게 말했다.

그러나 마음은 그렇지 않았다. 그는 여러 양치기들 중의 한 사람이고 싶지 않았다. 양치기들 또한, 선원이나 행상들처럼, 마음속에 품고 있는 마을 하나쯤은 있게 마련이었다. 그에겐 소녀가 사는 그곳이 그랬다. 혼자서 자유롭게 세상을 떠돌아다니는 즐거움조차 잊게 만드는 그런 곳.

▲　▲　▲

새벽의 어슴푸레한 빛이 비쳐오기 시작했다. 산티아고는 해가 떠오르는 방향으로 양들을 몰아갔다.

'양들은 스스로 어떤 결정을 내려야 할 일이 전혀 없겠지. 그렇기 때문에 항상 나와 함께 있는 걸 테고.'

양들이 필요로 하는 것은 오직 물과 먹이뿐이었다. 자신들의 양치기가 안달루시아의 맛있는 목초지들을 많이 알고 있다면 양들은 언제까지나 그의 친구로 남아 있을 것이었다. 매일매일이 다른 날들과 다름없는 것도, 해가 뜨고 지는 사이 긴 시간들이 그저 그렇게 지나가버리는 것도, 짧은 생애 동안 단 한 권의 책도 읽어보지 못하는 것도, 마을 소식을 전해주는 인간의 언어를 못 알아듣는 것도 양들에겐 중요하지 않았다. 양들은 물과 먹이만 있으면 즐거워했고, 물과 먹이는 지천에 널려 있었다. 착하게도 양들은 그 대가로 양털을 제공하고, 때로는 자신들의 고기까지 내주었다.

'만일 어느 순간 내가 괴물로 변해서 자기들을 차례로 죽여버린다 해도, 양들은 자기 친구들이 거의 다 죽고 난 후에야 무슨 일이 벌어진 건지 알아차릴 거야. 그건 다 내게만 의지해 본능에 따라 사는 법을 잊어버렸기 때문이지. 내가 자기들을 먹여주니까.'

문득 산티아고는 자신의 이런 생각들이 낯설게 느껴졌다. 무화과나무가 서 있던 버려진 교회, 그곳이 남겨놓은 음산한 기분 탓인가? 그는 거기서 똑같은 꿈을 두번째로 꾸었다. 언제나 자신의 충직한 동료인 양들에게 이처럼 느닷없는 생각을 품는 게 바로 그 꿈 때문인가? 그는 지난밤 먹다 남긴 포도주를 조금 마시고, 겉옷을 단단히 여몄다. 이런 뜨거운 햇살이라면 곧 양떼를 초원으로 몰고 갈 수 없을 정도로 대지는 달아오를 것이다. 여름날 그런 시간이 되면 스페인 전체가 잠을 자지 않던가. 실제로 더위는 밤까지 계속되었다. 그는 온종일 뒤집어쓰고 있는 겉옷이 무겁고 답답하게 느껴져 입에서 불평이 새어나오면 새벽의 추위를 생각했다.

'우리 같은 사람들은 언제나 갑작스러운 기온 변화에 대비하고 있어야 해.'

그렇게 생각하자 거추장스러운 겉옷의 무게도 고맙게 느껴졌다.

겉옷이 나름의 의미를 지니는 것처럼, 산티아고에게도 자신의 존재의미가 있었다. 바로 여행이었다. 안달루시아 평야를 돌아다닌 이 년 동안, 그는 그 지역의 모든 마을들을 알게 되었고, 그것은 그의 삶에 빛과 의미를 주었다.

이번에 소녀를 만나면 평범한 양치기인 자신이 어떻게 해서 글을 배웠는지 말해주고 싶었다. 산티아고는 열여섯 살 때까지 신학교를 다녔다. 그의 부모는 그가 신부가 되어 단지 먹을 것과 물을 얻기 위해 일하는 생활을 벗어나 보잘것없는 시골 집안의 자랑이 되어주기를 바랐다. 그는 라틴어와 스페인어, 그리고 신학을 공부했다. 하지만 조금씩 나이가 들면서 그는 더 넓은 세상을 알고 싶었다. 그것은 신이나 인류의 죄악에 대해 아는 것보다 중요한 일 같았다. 어느 날 저녁, 집에 다니러 왔다가 그는 용기를 내어 아버지에게 신부가 되는 길을 포기하고 싶다고 했다.

"아버지, 저는 세상을 두루 여행하고 싶습니다."

"얘야, 세상 각지에서 온 사람들이 우리 마을을 지나간단다. 그 사람들은 새로운 것을 찾아서 오지. 하지만 그들은 여전히 똑같은 사람으로 남아 있을 뿐이야. 그들은 성(城)을 보려고 언덕으로 올라가서는 옛날이 지금보다 좋았다고 생각해. 머리가 금

발이거나 피부가 검은 사람들도 있어. 그렇지만 그들도 우리와 똑같은 사람들이란다."

"하지만 저는 그 사람들이 사는 성에 대해 아는 게 없어요."

"그들은 우리 마을의 초원과 우리 마을 여자들을 보고는 언제까지나 여기서 살고 싶다고 말하지."

"저는 바로 그들의 땅과 그곳의 여자들에 대해 알고 싶어요. 실제로 그 사람들이 우리 마을에 남아 살지는 않으니까요."

"그 사람들은 돈이 가득 든 주머니를 가지고 여행을 다닌단다. 하지만 우리 중에 떠돌아다니며 살 수 있는 사람은 양치기밖에 없어."

"그렇다면 전 양치기가 되겠어요."

아버지는 더이상 아무 말도 하지 않았다. 다음날 아버지는 주머니를 하나 건네주었다. 스페인의 옛 금화 세 개가 들어 있었다.

"언젠가 들에서 주운 거란다. 네 이름으로 교회에 헌금할 생각이었지. 이것으로 양들을 사거라. 그리고 세상으로 나가 맘껏 돌아다녀. 우리의 성이 가장 가치 있고, 우리 마을 여자들이 가장 아름답다는 걸 배울 때까지 말이다."

아버지는 축복을 빌어주었다. 소년은 아버지의 눈을 보고 알 수 있었다. 그 역시 세상을 떠돌고 싶어한다는 걸. 물과 음식, 그리고 밤마다 몸을 누일 수 있는 안락한 공간 때문에 가슴속에 묻어버려야 했던, 그러나 수십 년 세월에도 한결같이 남아 있는 그 마음을.

▲ ▲ ▲

지평선이 붉게 물들더니, 이윽고 해가 떠올랐다. 산티아고는 아버지와 나눈 대화를 회상하며 기쁨을 느꼈다. 그는 이미 많은 성을 보고 많은 여인들을 만났다.(물론 그 여인들 중 어느 누구도 그가 지난 이틀 동안 기다린 그 소녀와는 비교할 수 없지만.) 그에겐 겉옷이 한 벌 있었고, 다른 것과 바꿀 수도 있는 책 한 권, 그리고 양떼가 있었다. 그리고 무엇보다 중요한, 가슴에 품어온 큰 꿈을 매일 실현하는 것, 바로 세상을 여행하는 일이 있었다. 안달루시아 초원에 싫증이 나면 양떼를 팔고 선원이 될 수도 있었고, 바다에 물리면 수많은 마을들과 수많은 여인들, 그리고 행복해질 수 있는 수많은 다른 기회들을 알아볼 수도 있었다.

'사람들은 어째서 신학교에서 신을 찾겠다는 걸까?'

해가 떠오르는 것을 바라보며 산티아고는 생각했다. 그는 언제나 새로운 길을 찾아 여행을 다녔다. 근처를 몇 번 지나다닌 일은 있지만 그 교회에 머문 것은 처음이었다. 세상은 넓고 끝이 없으니, 양들을 따라가다보면 오래지 않아 더욱 흥미로운 것들을 발견할 수 있으리라.

'문제는 양들이 새로운 길에 관심이 없다는 거야. 양들은 목초지가 바뀌는 것이나 계절이 오는 것도 알아차리지 못하지. 저놈들은 그저 물과 먹이를 찾는 일밖에 몰라.'

산티아고는 생각했다.

'하지만 어쩌면 우리 모두가 그런지도 모르지. 나만 해도 그 소녀를 알게 된 후로는 다른 여자들 생각을 안 하니까.'

그는 하늘을 올려다보았다. 점심 전에는 타리파에 도착할 것 같았다. 거기서 책을 더 두꺼운 책과 바꾸고 병에 포도주를 가득 채우고, 면도와 이발도 할 수 있을 것이다. 그는 소녀를 만나기 전에 세심하게 준비를 하고 싶었다. 다른 양치기가 더 많은 양들을 데리고 그보다 먼저 그 가게를 찾을 수도 있었지만, 그런 상황은 정말 생각하기도 싫었다.

'인생을 살맛나게 해주는 건 꿈이 실현되리라고 믿는 것이지.'

산티아고는 다시 한번 하늘을 올려다보며 잠시 생각에 잠겼다가 이내 걸음을 재촉했다. 타리파에 해몽을 잘하는 노파가 살고 있다는 생각이 퍼뜩 떠오른 때문이었다. 지난밤 그는 전에 꾸었던 꿈을 다시 한번 꾸지 않았던가.

▲ ▲ ▲

노파는 집 깊숙한 곳에 있는 방으로 산티아고를 맞아들였다. 색색의 비닐 조각을 엮어 만든 발이 거실과 방을 나누고 있었다. 방 안에는 탁자가 하나 있고, 예수상과 의자 두 개가 있었다.

노파는 의자에 앉으며 그에게도 자리를 권했다. 그러고는 산티아고의 두 손을 잡고 기도하듯 낮은 목소리로 중얼거렸다.

그것은 마치 집시들의 기도 같았다. 산티아고는 많은 집시들

을 만나보았다. 집시들 역시 세상을 떠돌아다니지만 양을 치지는 않았다. 떠도는 말로는 집시들은 끊임없이 남을 속인다고 했다. 악마와 계약을 맺으며, 노예로 부리기 위해 어린아이들을 유괴한다고도 했다. 어렸을 때 산티아고는 유괴를 당할까봐 집시들을 몹시 무서워했었다. 노파가 그의 손을 잡고 있는 동안 예전의 그 두려움이 되살아났다.

'하지만 저기 예수님의 성상이 있잖아.'

그는 이렇게 생각하며 마음을 가라앉히려 했다. 손이 떨려 노파가 그의 두려움을 알아차리게 될까 걱정되었다. 마음속으로 조용히 주기도문을 외웠다.

"아주 흥미로운 손금이군……"

노파가 그의 손에서 눈을 떼지 않은 채 말했다. 그러고는 입을 다물었다.

산티아고는 긴장했다. 자신도 모르는 사이에 손이 떨리기 시작했다. 노파는 대번에 알아차렸다. 그는 재빨리 손을 빼냈다.

"저는 손금을 보러 여기 온 게 아닙니다."

산티아고는 이 집에 들어온 것을 후회했다. 아무것도 알지 못하더라도 빨리 복채를 지불하고 여기서 나가고 싶었다. 반복되는 꿈 따위에 너무 많은 의미를 두고 있었던 것 같았다.

"꿈을 풀이해달라고 온 게지. 꿈이란 곧 신의 말씀이지. 신이 이 세상의 언어로 말했다면 나는 자네의 꿈을 풀어줄 수 있어. 그러나 만약 신이 자네 영혼의 언어로 말했다면 그건 오직 자네 자신

만이 이해할 수 있다네. 하지만 어느 쪽이 됐건 복채는 내야 해."

노파가 말했다.

'이건 속임수야.'

산티아고는 생각했다. 하지만 모험을 해보기로 작정했다. 양치기는 언제나 늑대나 가뭄 같은 위험에 노출되어 있다. 그런데 바로 그런 위험이 양치기라는 직업을 흥미진진하게 만들어주는 것이기도 했다.

"똑같은 꿈을 연달아 두 번 꾸었습니다. 꿈에 양들과 함께 초원에 있었는데, 어린아이 하나가 나타나서 양들과 놀기 시작했어요. 저는 다른 사람이 내 양들과 노는 걸 별로 좋아하지 않아요. 양들도 낯선 사람에겐 겁을 먹고요. 하지만 어린아이들은 양들을 놀라게 하지 않고 곧잘 논단 말이에요. 전 모르겠어요. 어떻게 동물들은 사람의 나이를 그렇게 잘 알아보는지."

그가 말했다.

"자네 꿈 얘기나 계속해봐. 불에 솥을 올려놨어. 게다가 젊은 이는 돈도 별로 없는 것 같은데, 내 시간을 너무 뺏진 말아야지."

노파가 산티아고의 말을 끊었다.

"그 아이는 한동안 양들과 놀았어요. 그런데 갑자기 그 아이가 제 손을 잡더니 이집트의 피라미드로 데려가는 거예요."

산티아고는 약간 풀이 죽은 모습으로 이야기를 이어나갔다.

산티아고는 노파가 이집트의 피라미드를 아는지 확인하기 위해 잠시 기다렸다. 하지만 노파는 아무 말이 없었다.

"이집트의 피, 라, 미, 드에서(산티아고는 노파가 잘 이해할 수 있도록 피라미드라는 단어를 또박또박 분명하게 발음했다), 그 아이는 제게 말했어요. '만일 당신이 이곳에 오게 된다면 당신은 숨겨진 보물을 찾게 될 거예요.' 그런 후에 그 아이는 정확한 지점을 제게 짚어주려 했죠. 그런데 바로 그때 꿈이 깼어요. 두 번이나요."

노파는 잠시 동안 아무 말 없이 있었다. 그러고 나서 그의 손을 다시 잡고 주의깊게 들여다보았다.

"지금은 자네에게 아무것도 받지 않겠네. 대신 자네가 보물을 찾게 되면 그 십분의 일을 내게 주게."

노파가 말했다.

산티아고는 웃기 시작했다. 기분 좋은 웃음이었다.

숨겨진 보물에 대한 꿈 덕분에 수중에 있는 얼마 되지 않는 돈을 쓰지 않아도 되다니! 이 친절한 노파는 집시가 분명한 것 같았다. 집시들은 대개 멍청하니까.

"자, 그럼 이제 꿈을 풀이해주셔야죠."

산티아고가 말했다.

"그전에 맹세를 해야지. 해몽의 대가로 자네가 찾게 될 보물의 십분의 일을 주겠다고 말이야."

산티아고는 맹세했다. 노파는 예수상을 바라보며 맹세를 반복하게 했다.

"그건 이 세상의 언어로 된 꿈이라네. 난 그 꿈을 풀이해줄 수

있어. 하지만 아주 어려운 해몽이야. 바로 그렇기 때문에 자네가 찾게 될 보물에서 내 몫을 받을 자격이 있다고 생각하는 거지. 그 꿈은 이렇다네. 자네는 정말로 이집트의 피라미드에 가게 돼. 난 한 번도 그런 곳에 대해 들어본 적은 없지만, 그 아이가 자네에게 보여주었다면 실제로 있다는 얘기지. 그리고 자네는 거기서 자네를 부자로 만들어줄 보물을 발견하게 되는 거야."

산티아고는 처음엔 놀라서 가만히 있었다. 하지만 다음 순간 화가 치밀었다. 이런 말을 들을 거였다면 굳이 노파를 찾아올 필요가 없었으니 말이다. 다행히 아직 노파에게 한푼도 내지 않았다는 사실이 떠올랐다.

"그런 말을 듣자고 시간을 들여가며 여길 찾아온 게 아닙니다."

"바로 그거야! 그래서 풀기 어려운 꿈이라고 이야기한 거지. 지극히 단순한 것이 실은 가장 비범한 것이야. 현자들만이 그런 것을 알아볼 수 있지. 자, 이제 난 손금 보는 법이나 연구해봐야겠어. 난 애당초 현자는 못 되니까 말야."

"어떻게 제가 이집트까지 간단 말이에요?"

"난 그저 해몽만 할 뿐이야. 그걸 현실로 만드는 건 내 일이 아니야. 그러니까 딸년들이 주는 걸로 이렇게 겨우 먹고살고 있지."

"만약 제가 이집트에 못 가면요?"

"못 가면? 그렇게 되면 내가 복채를 안 받으면 되지. 뭐 이런 일이 처음도 아니니까."

노파는 더이상 아무 말도 하지 않았다. 그리고 산티아고에게 그만 나가보라고 손짓했다. 그가 노파의 시간을 이미 많이 빼앗았기 때문이었다.

▲ ▲ ▲

양치기 산티아고는 잔뜩 실망한 채 밖으로 나왔다. 꿈 따위는 다시는 믿지 않으리라 결심했다. 해야 할 많은 일들이 머릿속에 떠올랐다. 우선 먹을 것을 구하러 식료품점에 들렀다. 책을 좀더 두꺼운 책과 바꾸었고, 새로 산 포도주를 맛보기 위해 광장으로 갔다. 날씨는 무척 더웠고, 포도주는 이루 말할 수 없는 신비로운 맛으로 그를 시원하게 해주었다. 양들은 마을 입구, 새로 사귄 친구의 외양간에 있었다.

그는 이 마을에서 많은 친구를 사귀었다. 친구를 사귀는 일은 여행의 큰 즐거움이었다. 늘 새로운 친구들과의 새로운 만남. 하지만 그렇게 만난 친구들과 며칠씩 함께 지낼 필요는 없었다. 항상 똑같은 사람들하고만 있으면—산티아고가 신학교에 있을 때 그랬던 것처럼—그들은 우리 삶의 한 부분을 차지해버린다. 그렇게 되고 나면, 그들은 우리 삶을 변화시키려 든다. 그리고 우리가 그들이 바라는 대로 바뀌지 않으면 불만스러워한다. 사람들에겐 인생에 대한 나름의 분명한 기준들이 있기 때문이다.

하지만 정작 자기 자신의 인생을 어떻게 살아가야 하는지 알고 있는 사람은 아무도 없다. 그것은 현실로 끌어낼 방법이 없는 꿈속의 여인 같은 것이니 말이다.

산티아고는 해가 수그러들기를 기다려 양들을 초원으로 끌고 가기로 했다. 이제 사흘 후면 가게 주인의 딸을 만나게 될 것이었다.

그는 타리파의 신부로부터 구한 책을 읽기 시작했다. 첫 페이지부터 시체를 파묻는 이야기가 나오는 두꺼운 책이었다. 등장인물들 이름도 너무 복잡했다. 언젠가 자신이 책을 쓰게 되면 독자들이 이름을 한꺼번에 기억하지 않아도 되도록 등장인물들을 하나하나 차례로 소개해야겠다고 생각했다.

독서에 열중하고 있을 때(묘한 책이었다. 사람을 눈 속에 파묻는 이야기가 나왔고, 그 덕분에 타는 듯한 태양 아래 있던 그는 서늘한 기분을 느낄 수 있었다), 한 노인이 옆에 와 앉더니 말을 걸어왔다.

"저 사람들은 무얼 하고 있는 겐가?"

노인은 광장에 있는 사람들을 가리키며 물었다.

"자기 일들을 하고 있겠죠."

산티아고는 무뚝뚝하게 대답하며 독서에 빠져 있는 것처럼 보이려고 했다. 사실 그때 그는 자신이 가게 주인의 딸 앞에서 양털을 깎는 모습, 그리고 그걸 보고 감탄하는 그녀의 모습을 상상하고 있었다. 수도 없이 상상해본 광경이었다. 양털은 뒤에서 앞으로 깎아야 한다고 설명하자, 소녀의 표정에는 경이로움이 가득했다. 양털을 깎는 동안 그녀에게 들려줄 재미있는 이야기들도 몇 가지 따로 기억해두었다. 대부분 책에서 읽은 이야기지만 직접 겪은 일인 것처럼 이야기할 작정이었다. 그녀는 책을 읽을 줄 모르니까 절대로 알아차리지 못할 것이다.

그러나 노인은 끈질겼다. 지치고 목이 마르다며 포도주를 한모금 달라고 했다. 산티아고는 포도주병을 내밀었다. 그러면 좀 조용해질까 싶어서였다.

그러나 노인은 이야기에 굶주려 있는 듯했다. 이번에는 읽고 있는 책이 무엇인지 물었다. 산티아고는 예의에 어긋나더라도 자리를 옮겨버릴까 생각했다. 하지만 나이든 사람에게는 항상 예의를 갖추어야 한다는 아버지의 가르침이 생각났다. 그는 노인에게 책을 건네주었다. 두 가지 이유에서였다. 우선 산티아고는 그 책의 제목을 어떻게 발음하는지 몰랐다. 그리고 노인이 글을 읽을 줄 모른다면 아예 자리를 옮겨 더이상 귀찮게 하지 못하게 할 작정이었다.

"흐음!"

노인은 신기한 물건을 대하듯이 이리저리 책을 살폈다.

"중요하긴 하나 굉장히 지루한 책이지."

산티아고는 깜짝 놀랐다. 노인은 글을 읽을 줄 알뿐더러 이미 그 책을 읽었던 것이다. 노인의 말대로 정말 지루한 책이라면 다른 것으로 바꿀 시간은 아직 있었다.

"전혀 새로운 게 없는 책이야. 이미 다른 책들에 다 있는 얘기들이지."

노인은 계속해서 말했다.

"자기 몫의 운명을 받아들일 수밖에 없는 인간의 무력함에 대해 이야기하고 있어. 그런데 이 책은 세상에서 가장 터무니없는 사기를 치고 있다네."

"세상에서 가장 터무니없는 사기라뇨?"

산티아고가 놀라서 물었다.

"우리 존재에게 주어진 어떤 정해진 순간에 우리는 자신의 운명에 대한 통제력을 잃게 되고, 결국 운명에 지배당하게 된다는 이야기 말야. 터무니없는 소리지."

"제게는 그런 일이 일어나지 않았어요. 집에서는 신부가 되길 바랐지만, 전 양치기가 된 걸요."

산티아고가 말했다.

"그 편이 더 좋지. 자네는 여행을 하고 싶어하니까."

'이 노인은 내 마음을 훤히 들여다보고 있군.'

그런데 노인은 책을 되돌려줄 생각이 전혀 없는 듯 그 두꺼운 책을 이리저리 넘겨보고 있었다. 노인의 옷차림은 조금 특이했다. 이 고장에서 그리 낯선 것은 아니지만, 아랍인의 옷차림과 비슷했다. 아프리카는 타리파에서 배로 작은 해협 하나를 건너 불과 몇 시간 거리에 있었다. 아랍인들은 자주 이 고장에 나타나 물건을 사기도 하고, 하루에도 몇 번씩 이상한 예배를 드렸다.

"영감님은 어디서 오셨어요?"

산티아고가 물었다.

"아주 여러 곳에서."

"고향이 여러 곳인 사람은 없잖아요."

산티아고가 응수했다.

"저는 양치기여서 여러 곳을 돌아다니며 살지만, 고향은 단 한 곳뿐입니다. 오래된 성 가까이에 있는 마을, 거기서 태어났어요."

"그렇다면 내가 태어난 곳은 살렘이라고 할 수 있지."

처음 들어보는 지명이었다. 하지만 곧장 물어보면 자신의 무지만 드러날 것 같아 산티아고는 잠시 말없이 광장만 바라보고 있었다. 사람들이 오가고 있었다. 매우 바빠 보였다.

"살렘은 요즘 어떤데요?"

작은 실마리라도 찾아낼까 싶어 짐짓 잘 아는 것처럼 물었다.

"여전하지. 언제나 비슷해."

전혀 도움이 안 되는 답변이었다. 그러나 산티아고는 적어도 살렘이 안달루시아 지방에 있는 마을이 아니라는 것은 알 수 있었다. 안달루시아에 있는 마을이라면 그가 모를 리가 없었다.

"살렘에서는 무슨 일을 하셨어요?"

산티아고가 다시 물었다.

"내가 살렘에서 한 일?"

노인은 그와 이야기를 하던 중 처음으로 호탕하게 소리내어 웃었다.

"이보게, 나는 살렘의 왕이라네!"

세상엔 이상한 말을 하는 사람들이 정말 많다. 때로는 물과 먹이를 찾는 일에 만족하며 말없는 양들과 함께 있거나 원하기만 하면 언제나 놀라운 이야기를 들려주는 책들과 함께하는 것이 더 좋을 수도 있다. 그러나 사람들과 이야기를 하면 어떻게 대화를 이어나가야 할지 알 수 없게 되어버리는 경우가 종종 있는 것이다.

"내 이름은 멜키세덱일세. 헌데 자네는 양을 몇 마리나 가지고 있나?"

노인이 말했다.

"필요한 만큼 가지고 있습니다."

노인은 산티아고에 대해 많은 것을 알고 싶어하는 것 같았다.

"그렇다면 문제로군. 자네가 양을 필요한 만큼 가지고 있다고 생각하는 한 나는 자네를 도와줄 수 없으니 말이야."

산티아고는 화가 났다. '누가 언제 도와달라고 했나. 포도주를 청하고 말을 걸고 책에 관심을 보인 것은 정작 노인이 아닌가.'

"책을 돌려주세요. 이제 양들을 찾아서 가던 길을 가야 하니까요."

"자네가 가진 양의 십분의 일을 내게 주게. 그러면 보물을 찾아가는 길을 자네에게 가르쳐주겠네."

노인의 대답은 전혀 엉뚱했다.


그제야 산티아고는 반복되는 꿈을 떠올렸다. 그러자 모든 것이 명확해졌다. 해몽을 해준 노파는 그에게서 아무런 복채도 받

지 않았지만 이 노인은(아마도 그 노파의 남편일 것이다) 세상에
있지도 않은 길을 가르쳐준답시고 그에게서 많은 돈을 우려내려
하고 있다. 이 노인도 집시임에 틀림없다.

그런데 산티아고가 뭐라고 말을 꺼내기도 전에 노인은 허리를
굽혀 나뭇가지 하나를 집어들더니 광장의 모래 위에 글씨를 쓰
기 시작했다. 산티아고가 허리를 숙이자, 노인의 품안에서 강렬
한 빛이 뿜어져나왔다. 너무도 강렬해 눈이 멀 것 같았다. 노인은
나이에 어울리지 않는 잽싼 몸놀림으로 품안의 광채를 겉옷으로
가렸다. 광채가 사라졌고 눈부심도 가셨다. 그제야 산티아고는
노인이 땅에 쓴 글씨를 알아볼 수 있었다.

그것은 놀랍게도 산티아고의 아버지와 어머니 이름이었다. 그
리고 어린 시절의 장난들, 신학교에서 보낸 추운 밤들처럼 그가
살아온 날들이 거기 있었다. 노루 사냥을 하려고 아버지의 칼을
훔쳐낸 일이나 고독했던 첫번째 성경험 같은, 누구에게도 말할
수 없었던 기억들도 거기 광장의 모래 위로 떠올랐다.


"나는 살렘의 왕일세."

노인이 말했다.

"어째서 왕께서 양치기와 더불어 이야기하십니까?"

너무도 놀라 당황하고 들뜬 기색을 숨기지 못한 채 산티아고
가 물었다.

"이유야 많지. 그러나 정작 중요한 것은, 자네가 자아의 신화

를 이룰 수 있게 되었다는 걸세."

산티아고는 '자아의 신화'가 무엇을 의미하는지 알 수 없었다.

"그것은 자네가 항상 이루기를 소망해오던 바로 그것일세. 우리들 각자는 젊음의 초입에서 자신의 자아의 신화가 무엇인지 알게 되지. 그 시절에는 모든 것이 분명하고 모든 것이 가능해 보여. 그래서 젊은이들은 그 모두를 꿈꾸고 소망하기를 주저하지 않는다네. 하지만 시간이 지남에 따라 알 수 없는 어떤 힘이 그 신화의 실현이 불가능함을 깨닫게 해주지."

노인의 이야기는 젊은 양치기에게 그리 대단한 것처럼 느껴지지는 않았다. 그러나 그는 그 '알 수 없는 어떤 힘'이 무언지 알고 싶었다. 가게 주인의 딸에게 그 이야기를 해주면 아주 놀라워할 것이 틀림없었다.

"그것은 나쁘게 느껴지는 기운이지. 하지만 사실은 바로 그 기운이 자아의 신화를 실현할 수 있도록 도와준다네. 자네의 정신과 의지를 단련시켜주지. 이 세상에는 위대한 진실이 하나 있어. 무언가를 온 마음을 다해 원한다면, 반드시 그렇게 된다는 거야. 무언가를 바라는 마음은 곧 우주의 마음으로부터 비롯된 때문이지. 그리고 그것을 실현하는 게 이 땅에서 자네가 맡은 임무라네."

"그저 떠돌아다니고 싶은 마음도 그런 것인가요? 양털 가게 주인의 딸과 결혼하고 싶다는 마음도요?"

"아무렴. 보물을 찾겠다는 마음도 마찬가지야. 만물의 정기는 사람들의 행복을 먹고 자라지. 때로는 불행과 부러움과 질투를 통해서 자라나기도 하고. 어쨌든 자아의 신화를 이루어내는 것이야말로 이 세상 모든 사람들에게 부과된 유일한 의무지. 세상 만물은 모두 한가지라네. 자네가 무언가를 간절히 원할 때 온 우주는 자네의 소망이 실현되도록 도와준다네."

한동안 그들은 아무 말 없이 광장과 사람들을 바라보았다. 다시 입을 연 것은 노인이었다.

"자네는 무엇 때문에 양을 치나?"

"세상을 여행하고 싶어서요."

그러자 노인은 광장 한구석, 빨간 손수레를 끌고 다니는 팝콘 장수를 가리켰다.

"저 사람도 어릴 때 떠돌아다니기를 소망했지. 하지만 팝콘 손수레를 하나 사서 몇 년 동안은 돈을 버는 게 좋겠다고 결심한 모양이야. 좀더 나이가 들면 한 달 정도 아프리카를 여행하게 되겠지. 어리석게도 사람에게는 꿈꾸는 것을 실현할 능력이 있음을 알지 못한 거야."

"저 사람은 차라리 양치기가 되는 길을 선택해야 했어요."

산티아고가 소리 높여 자신의 생각을 말했다.

"저 사람도 그 생각을 했었다네. 하지만 팝콘 장수가 양치기보다는 남보기 근사하다고 생각한 거지. 양치기들은 별을 보며 자야 하지만, 팝콘 장수는 자기 집 지붕 아래 잠들 수 있잖아. 또 사

람들도 딸을 양치기보다는 팝콘 장수와 결혼시키려 하지."

노인이 말했다.

가게 주인의 딸을 떠올린 산티아고의 가슴 한켠이 쓰려왔다. 그녀가 사는 곳에도 팝콘 장수는 있을 것이다.

"결국, 자아의 신화보다는 남들이 팝콘 장수와 양치기에 대해 어떻게 생각하는지가 더 중요한 문제가 되어버린 거지."

노인은 책장을 넘기고는 아주 맛있게 한 페이지를 읽었다. 산티아고는 잠시 기다렸다가 노인에게 말을 걸었다. 처음에 책을 읽고 있는 그에게 노인이 말을 걸어왔던 것처럼.

"왜 제게 그런 이야기를 하시는 거죠?"

"자네가 자아의 신화를 위해 살려고 하기 때문일세. 그런데 지금 자네는 포기하려 하고 있어."

"영감님은 사람들이 그런 순간에 처해 있을 때면 항상 나타나시나요?"

"늘 이런 모습은 아니지만, 안 나타난 적은 없지. 때로는 순간 순간의 훌륭한 생각과 좋은 해결 방법으로 나타나기도 하지만, 대개는 사람들이 중대한 순간에 처해 있을 때 그저 그 일들이 조금 수월해지도록 돕기만 한다네. 나는 이 일을 오랫동안 해왔지만 대부분의 사람들은 그걸 알지 못하지."

지난주에는 어떤 보석 채굴꾼에게 돌의 형상으로 나타났다고 했다. 그 채굴꾼은 에메랄드를 캐기 위해 자신의 모든 것을 버린 사람이었다. 에메랄드 하나를 캐기 위해 오 년 동안 강가에서 99

만 9천 9백 99개의 돌을 깨뜨렸다. 마침내 그는 포기하기로 마음 먹었다. 그런데 그 순간은 그가 에메랄드를 캐기 위해 돌 하나만, 단지 돌 하나만 더 깨뜨리면 되는 그런 순간이기도 했다. 그는 자아의 신화, 그 중대한 기로에 서 있었다. 노인은 그의 삶에 개입하기로 했다. 노인은 한 개의 돌멩이로 변해서 채굴꾼의 발 앞으로 굴러갔다. 오 년 동안의 보람 없는 노동에 한껏 화가 나 있던 채굴꾼은 그 돌을 집어 멀리 던져버렸다. 그가 던진 돌은 날아가 다른 돌과 세게 부딪쳤다. 그러고는 세상에서 가장 아름다운 에메랄드를 내보이며 깨어졌다.

"사람들은 삶의 이유를 무척 빨리 배우는 것 같아. 아마도 그래서 그토록 빨리 포기하는지도 몰라. 그래, 그런 게 바로 세상이지."

노인이 쓸쓸한 눈빛으로 말했다.

산티아고는 노인과의 대화가 감추어진 보물 이야기로 시작되었다는 사실을 기억해냈다.

"보물들은 사나운 홍수로 파헤쳐졌다가, 다시 홍수에 의해 땅속에 파묻혔다네. 만약 자네가 그 보물에 대해 더 알고 싶다면 내게 자네 양의 십분의 일을 주어야 할 걸세."

"제가 찾게 될 보물의 십분의 일이 아니구요?"

산티아고의 말에 노인은 실망한 것 같았다.

"아직 손에 넣지도 못한 것을 두고 약속을 하겠다고? 그렇게 되면 반드시 찾아내겠다는 마음이 약해질 수밖에 없어."

산티아고는 꿈풀이 노파를 만나 찾게 될 보물의 십분의 일을 주겠다고 약속한 일을 이야기했다.

"집시들은 교활하지."

노인이 한숨을 쉬며 말했다.

"하지만 어떤 식으로든 인생의 모든 일에는 치러야 할 대가가 있다는 것을 배우는 건 좋은 일일세. 그건 바로 광명의 전사들이 가르치려고 노력하는 것이기도 하지."

이렇게 말하며 노인은 산티아고에게 책을 돌려주었다.

"내일 이 시각에 자네 양의 십분의 일을 내게 가져오게. 난 자네에게 감추어진 보물을 찾는 방법을 알려주겠네. 그럼 잘 가게."

그리고 노인은 광장 한모퉁이로 사라져버렸다.

▲　▲　▲

산티아고는 다시 책을 읽으려 했지만, 더이상 집중할 수가 없었다. 무언가 진리의 음성을 들은 듯했다. 떨리고 혼란스러웠다. 산티아고는 팝콘 장수에게 가서 팝콘 한 봉지를 샀다. 노인이 말한 것을 팝콘 장수에게 이야기해줘야 할지 어떨지를 생각하며.

'때로는 있는 그대로 놓아두는 편이 더 낫지.'

산티아고는 아무 말도 하지 않았다. 만약 노인이 들려준 이야기를 해준다면 팝콘 장수는 사흘 밤낮을 고민할 것이다. 하지만 그는 이미 자신의 팝콘 수레에 너무 길들여져 있었다.

산티아고는 그 고통스러운 상념을 팝콘 장수에게 면제해주었다. 그는 도시 이곳저곳을 정처없이 걷다가 마침내 부두에 이르렀다. 작은 건물 한 채가 눈에 들어왔다. 아프리카로 가는 배표를 팔고 있었다. 그는 이집트가 아프리카에 있음을 알고 있었다.

"표를 사실 건가요?"

매표소 직원이 물었다.

"아마 내일쯤이면 사게 될 거예요."

산티아고는 건물에서 물러나오며 말했다. 양 한 마리를 팔면 바다 건너로 갈 수 있으리라. 하지만 이 생각은 그를 두렵게 했다.

"몽상가가 또하나 왔군."

매표소 직원이 멀어져가는 청년을 보며 동료에게 말했다.

"저 친구들 여비도 없으면서 꼭 저렇게 말한다니까."

산티아고는 양들을 생각했다. 갑자기 그들 곁으로 돌아가기가 겁이 났다. 그는 꼬박 이 년 동안 양 치는 법을 배웠다. 이제 양털 깎는 법과 새끼 밴 양을 돌보는 법, 늑대의 공격으로부터 양을 보호하는 법이라면 누구보다 자신 있었다. 안달루시아 지방의 모든 평원과 목초지도 두루 꿰고 있었다. 양을 사고 파는 정확한 가격도 알고 있었다.

생각 끝에 산티아고는 친구의 외양간으로 가보기로 결심하고 가장 먼 길을 골라 걷기 시작했다. 이 도시에도 오래된 성이 있었다. 그는 바위 비탈을 올라 성벽 한쪽에 걸터앉았다. 저 멀리 아프리카 땅이 건너다보였다. 이곳으로 무어인들이 쳐들어와 여러 해 동안 스페인 전역을 점령한 적이 있다고 했다. 그는 무어인이 싫었다. 스페인에 집시를 데려온 게 바로 그들 무어인이었다. 도시도 구석구석의 거리까지 한눈에 들어왔다. 노인과 이야기를 나누던 광장도 보였다.

'노인을 만난 그 시간, 저주나 받으라지.'

그는 단지 꿈에 대한 이야기를 들으러 노파를 찾아갔을 뿐이었다. 그런데 꿈풀이 노파도, 그 노인도 그가 지금 양떼를 돌보는 양치기라는 점에는 전혀 신경을 쓰지 않았다. 그들은 의지가지 없이 혼자 살아가는 사람들이라서 그런지 양치기와 양의 한몸 같은 관계를 알지 못했다. 그는 어떤 양이 다리를 저는지, 두 달 후에 새끼를 낳을 양은 어떤 놈이고 게으름을 피우는 양은 어떤 놈인지 알고 있었다. 양털을 깎고 도살하는 것도 그의 몫이었다. 그가 양들을 떠난다면 양들은 견디지 못할 것이었다.

바람 한 줄기가 불어왔다. 그는 이 바람을 알고 있었다. 사람들은 이 바람을 레반터*라고 불렀다. 이 바람과 함께 동부 지중해, 레반트로부터 무어인들이 쳐들어왔기 때문이었다. 타리파를 알기 전에 그는 아프리카가 이토록 가까운 곳에 있는 줄은 상상도 못 했다. 이곳은 늘 심각한 위험 앞에 노출되어 있었다. 무어인들이 언제 다시 이 도시를 습격할지 아무도 몰랐다.

바람은 더 강하게 불어왔다.

---

* levanter, 지중해의 강한 동풍. 레반트(Levant)는 동부 지중해 및 그 연안 제국을 가리킨다.

'난 보물과 양들 사이에 끼어 이러지도 저러지도 못하게 된 셈이군.'

산티아고는 이미 익숙해져 있는 것과 가지고 싶은 것 중 하나를 선택해야 했다. 물론 양털 가게 딸도 있었지만, 그녀는 아직 그의 사람이 아니어서 양들만큼 중요하진 않았다. 이틀 후 그가 그녀 앞에 나타나지 않아도 그녀는 그 사실을 알아채지도 못할 것이다. 그녀에겐 모든 날들이 다 똑같을 것이고, 그건 다른 사람들도 마찬가지였다. 자신의 삶에서 일어나는 좋은 일들을 깨닫지 못하는 사람들에게는 하루하루가 매일 해가 뜨고 지는 것처럼 똑같을 수밖에 없으니 말이다.

'난 아버지와 어머니, 그리고 내가 태어난 고향의 성을 떠나왔어. 그들은 이제 내가 그들 곁에 없는 것에 익숙해졌고, 나 또한 혼자 있는 것에 익숙해졌지. 양들도 곧 내가 없는 것에 익숙해질 거야.'

언덕 위에서 광장을 내려다보았다. 팝콘 장수는 여전히 그곳에서 팝콘을 팔고 있었다. 젊은 연인 한 쌍이 그가 노인과 이야기하던 벤치에 앉아 긴 입맞춤을 하고 있었다.

"저 팝콘 장수……"

그는 중얼거렸다. 하지만 미처 말을 다 끝맺지 못했다. 레반터가 세게 불어와 그의 얼굴을 때렸다. 바로 이 바람을 타고 무어인들이 쳐들어왔다. 사막의 향기와 얼굴을 베일로 가린 여인들도 이 바람에 묻어왔다.

이 바람에는 미지의 것들과 황금과 모험, 그리고 피라미드를 찾아 떠났던 사람들의 꿈과 땀냄새가 배어 있었다. 산티아고는 어디로든 갈 수 있는 바람의 자유가 부러웠다. 그러다 문득 깨달았다. 자신 역시 그렇게 할 수 있으리라는 사실을. 떠나지 못하게 그를 막을 것은 아무것도 없었다. 그 자신 말고는.

양들, 양털 가게 주인의 딸, 그리고 안달루시아의 평원은 그에게 단지 자아의 신화를 이루어가는 과정들에 불과했다.

▲ ▲ ▲

다음날 정오, 젊은 양치기는 그 노인을 다시 만났다. 그는 양 여섯 마리를 데리고 갔다.

"참 놀라운 일이었어요. 제 친구가 그 자리에서 제 양들을 모두 샀거든요. 자기는 줄곧 양치기를 꿈꿔왔다면서 이번 일이 자기에게 좋은 기회라는 거예요."

그는 노인에게 말했다.

"항상 그런 거라네. 그것을 '은혜의 섭리'라고 부르지. 만약 자네가 처음으로 카드 놀이를 하게 된다고 치세. 자넨 틀림없이 따게 돼. 바로 초심자의 행운이라는 거지."

노인이 말했다.

"어째서 그렇게 되는 거죠?"

"자네의 삶이 자네가 자아의 신화를 이루며 살아가기를 원하기 때문일세."

노인은 이렇게 대답하고는 양 여섯 마리를 살펴보기 시작했다. 한 마리가 다리를 절고 있었다. 산티아고는 노인에게 그 양이 가장 영리하고 털도 많이 내니, 그런 건 신경 쓸 필요가 없다고 말했다.

"보물은 어디 있는 거죠?"

산티아고가 물었다.

"이집트에 있다네. 피라미드 가까운 곳에."

산티아고는 몹시 놀랐다. 집시 노파도 똑같은 말을 했었다. 하지만 노파는 대가로 아무것도 받지 않았다.

"보물이 있는 곳에 도달하려면 표지(標識)를 따라가야 한다네. 신께서는 우리 인간들 각자가 따라가야 하는 길을 적어주셨다네. 자네는 신이 적어주신 길을 읽기만 하면 되는 거야."

산티아고가 무슨 말인가 하려는 순간, 나비 한 마리가 팔랑거리며 두 사람 사이로 날아왔다. 할아버지 생각이 났다. '산티아고, 나비는 행운의 표지란다.' 어린 시절 할아버지의 음성이 들리는 듯했다. 귀뚜라미와 메뚜기처럼, 회색 도마뱀과 네잎 클로버처럼.

"바로 그걸세. 자네 할아버지께서 말씀하신 그대로일세. 이 나비는 표지야."

노인은 산티아고의 생각을 다 읽고 있었다.

말을 마친 다음 노인은 걸치고 있던 겉옷을 젖혔다. 가려져 있던 것이 모습을 드러냈다. 산티아고는 경탄을 감출 수 없었다. 어제 강렬한 광채로 그를 사로잡았던 바로 그것이었다. 노인은 겉옷 속에 보석이 박힌 금으로 된 묵직한 흉패를 입고 있었던 것이다.

노인은 진짜 왕이었다. 자객들을 피해 변장하고 있는 것이 틀림없었다.

"자, 이걸 받게나."

노인은 금으로 된 흉패 한가운데 박혀 있던 흰색과 검은색의 보석을 하나씩 빼냈다.

"우림과 툼밈이라네. 검은 것은 '예'를 뜻하고 하얀 것은 '아니오'를 뜻하지. 표지들을 식별하기 어려울 때 도움이 될 걸세. 하지만 언제나 분명한 질문이어야 하네. 부득이한 경우가 아니면 자네 스스로 결정을 내리도록 하게. 보물이 피라미드 근처에 있다는 것은 자네도 이미 알고 있었네만, 그럼에도 자네가 내게 양 여섯 마리를 주어야 하는 이유는 내가 자네의 결심을 도와주었기 때문이라네."

산티아고는 배낭 속에 보석들을 간직했다. 이제부터는 스스로 결정을 내려야 했다.

"만물이 다 한가지라는 것을 명심하게. 또한 표지가 말하는 것을 잊지 말게. 특히 자네 자아의 신화의 끝까지 멈추지 말고 가야해. 자네가 길을 떠나기 전에 들려주고 싶은 이야기가 하나 있네.

어떤 상인이 행복의 비밀을 배워오라며 자기 아들을 세상에서 가장 뛰어난 현자에게 보냈다네. 그 젊은이는 사십 일 동안 사막을 걸어 산꼭대기에 있는 아름다운 성에 이르렀지. 그곳 저택에는 젊은이가 찾는 현자가 살고 있었어. 그런데 현자의 저택, 큼직한 거실에서는 아주 정신없는 광경이 벌어지고 있었어. 장사꾼들이 들락거리고, 한쪽 구석에서는 사람들이 왁자지껄 이야기를 나누고, 식탁에는 산해진미가 그득 차려져 있더란 말일세. 감미로운 음악을 연주하는 악단까지 있었지. 현자는 이 사람 저 사람과 이야기를 하고 있었어. 젊은이는 자기 차례가 올 때까지 두 시간을 기다려야 했지. 마침내 젊은이의 차례가 되었어.

현자는 젊은이의 말을 주의깊게 들어주긴 했지만, 지금 당장은 행복의 비밀에 대해 설명할 시간이 없다고 했어. 우선 자신의 저택을 구경하고 두 시간 후에 다시 오라고 했지. 그러고는 덧붙였어.

'그런데 그전에 지켜야 할 일이 있소.'

현자는 이렇게 말하더니 기름 두 방울이 담긴 찻숟가락을 건넸다네.

'이곳에서 걸어다니는 동안 이 찻숟갈의 기름을 한 방울도 흘려서는 안 되오.'

젊은이는 계단을 오르내릴 때도 찻숟가락에서 눈을 뗄 수 없었어. 두 시간 후에 그는 다시 현자 앞으로 돌아왔지.

'자, 어디······'

현자는 젊은이에게 물었다네.

'그대는 내 집 식당에 있는 정교한 페르시아 양탄자를 보았소? 정원사가 십 년 걸려 가꿔놓은 아름다운 정원은? 서재에 꽂혀 있는 양피지로 된 훌륭한 책들도 좀 살펴보았소?'

젊은이는 당황했어. 그는 아무것도 보지 못했노라고 고백했네. 당연한 일이었지. 그의 관심은 오로지 기름을 한 방울도 흘리지 않는 것이었으니 말이야.

'그렇다면 다시 가서 내 집의 아름다운 것들을 좀 살펴보고 오시오.'

그리고 현자는 이렇게 덧붙였지.

'살고 있는 집에 대해 모르면서 사람을 신용할 수는 없는 법이라오.'

이제 젊은이는 편안해진 마음으로 찻숟가락을 들고 다시 저택을 구경했지. 이번에는 저택의 천장과 벽에 걸린 모든 예술품들을 자세히 살펴볼 수 있었어. 정원과 주변의 산들, 화려한 꽃들, 저마다 제자리에 꼭 맞게 놓여 있는 예술품들의 고요한 조화까지 모두 볼 수 있었다네. 다시 현자를 찾은 젊은이는 자기가 본 것들을 자세히 설명했지.

'그런데 내가 그대에게 맡긴 기름 두 방울은 어디로 갔소?'

현자가 물었네. 그제야 숟가락을 살핀 젊은이는 기름이 흘러 없어진 것을 알아차렸다네.

'내가 그대에게 줄 가르침은 이것뿐이오.'

현자 중의 현자는 말했지.

'행복의 비밀은 이 세상 모든 아름다움을 보는 것, 그리고 동시에 숟가락 속에 담긴 기름 두 방울을 잊지 않는 데 있도다.'"

양치기는 말없이 가만히 있었다. 그는 늙은 왕의 이야기를 이해했던 것이다. 그는 방랑을 좋아하지만 결코 자신의 양들을 잊지 않으니까 말이다.

노인은 산티아고를 그윽이 바라보디니, 이윽고 두 손을 활짝 펴서 그의 머리 위에 대고 알 수 없는 동작을 했다.

그러고는 양 여섯 마리를 데리고 사라져버렸다.

조그만 도시인 타리파의 경사지에는 예전에 무어인들이 건설한 오래된 요새가 있었다. 그 요새의 성벽 위에 앉으면 도시 전체가 내려다보였고, 바다 건너 아프리카 땅도 시야에 들어왔다.

살렘의 왕 멜키세덱은 그날 오후 요새의 성벽 위에 앉아 불어오는 레반터를 맞고 있었다. 그의 주위에는 양 여섯 마리가 주인이 바뀐 갑작스러운 변화에 놀라 끊임없이 불안하게 움직이고 있었다. 그들이 바라는 것은 먹이와 물뿐이었다.

멜키세덱은 부두를 떠나는 작은 배 한 척을 보았다. 그 젊은 양치기를 다시 만나는 일은 없을 것이다. 아브라함에게서 십일조를 받은 후에도 그를 다시 보지 못했다. 그리고 그것이 바로 그의 일이었다.

신들은 욕망을 가질 필요가 없었다. 신들에게는 자아의 신화라는 것이 없기 때문이다. 어쨌거나 살렘의 왕은 마음속 깊이 청년의 행운을 빌어주었다. 그리고 생각했다.

'저 젊은이는 곧 내 이름을 잊어버리겠지. 여러 번 더 반복해주었어야 했는데. 저 젊은이가 언젠가 나에 대해 이야기할 때 살렘의 왕 멜키세덱이라고 말할 수 있도록 말이야……'

그러나 다음 순간 고개를 젓고는 뉘우치는 표정으로 하늘을 올려다보았다.

"내 주여, 아옵니다. 말씀대로 모든 것이 헛되고 헛되다는 것을. 하지만 늙은 왕이란 때로는 혼자서 우쭐해보기도 해야 하지 않겠사옵니까."

▲　▲　▲

'아프리카는 정말 이상한 곳이군.'

산티아고는 도시 뒷골목에서 흔히 볼 수 있는 작은 카페에 앉아 있었다. 몇몇 남자들이 커다란 담배 파이프 하나를 입에서 입으로 돌려가며 나눠 피우고 있었다. 이곳에 온 지 불과 몇 시간도 지나지 않았지만 그가 본 것은 많았다. 손을 잡고 산책하는 남자들, 얼굴을 가린 여자들, 그리고 높은 탑 꼭대기에 올라가 노래를 부르는 이슬람 사제들도 보았다. 그들이 노래를 부르자, 모든 사람들이 일제히 무릎을 꿇고 바닥에 머리를 조아렸다.

"신실하지 못한 관습이야."

그는 그 모습을 보고 혼잣말로 중얼거렸다. 어렸을 때 그는 마을 교회에서 백마를 타고 칼을 뽑아든 성 산티아고 마타모로스 상을 바라보곤 했었다. 말굽 아래 이교도들을 짓밟고 있는 모습이었다. 그가 느낀 것은 불쾌감과 끔찍함뿐이었다. 신실하지 못한 자들은 흉측한 것만 좋아하는 모양이었다.

그런데 그는 갑작스레 출발하면서 허둥대느라 이곳에서는 사람들이 모두 아랍어를 쓴다는 사소하지만 중요한 사실 한 가지를 까맣게 잊고 있었다. 어쩌면 그 때문에 보물을 찾는 일이 아주 힘들어질 수도 있었다.

카페의 주인이 주문을 받으러 오자 산티아고는 다른 테이블에 앉은 손님이 마시고 있는 것을 가리켰다. 주인이 가져다준 것은 쓴맛 나는 차였다. 사실 그는 포도주를 마시고 싶었다.

하지만 지금은 그런 것에 신경 쓸 때가 아니었다. 오직 보물과, 그것을 얻을 방법에 대해서만 생각해야 했다. 주머니 속에는 양을 팔고 받은 상당한 돈이 들어 있었고, 그는 돈이 마술과도 같은 것임을 알고 있었다. 돈을 가진 사람은 결코 혼자 있지 않아도 되는 법. 오래지 않아, 아마도 며칠 후면 그는 피라미드 앞에 서 있을 것이다. 가슴을 온통 금으로 덮고 있던 그 노인이 겨우 양 여섯 마리를 얻기 위해 거짓말을 했을 리는 없으니까.

노인은 표지에 관해서 이야기했었다. 바다를 건너는 동안 산티아고는 표지들에 대해 생각했다. 그랬다. 그는 노인이 말해준 것들을 이미 알고 있었다. 안달루시아 평원에서 보낸 세월 동안 그는 땅과 하늘을 보고 가야 할 길을 알아내는 데 익숙해져 있었다. 어떤 새들은 가까운 곳에 뱀이 있다는 것을 알려주었고, 딸기 나무들이 보이면 몇 킬로미터 앞에 물이 있다는 뜻이었다. 모두 양들로부터 배운 것들이었다.

'만일 신께서 양들을 좋은 길로 인도하신다면 인간에게도 그렇게 하시겠지.'

이런 생각이 들자 그는 마음이 편안해졌다. 차맛도 덜 쓰게 느껴졌다.

그때 어떤 목소리가 들려왔다. 스페인어였다.

"당신은 누구요?"

산티아고는 너무도 기뻤다. 마침 표지에 대해서 생각하고 있을 때 누군가가 나타난 것이다.

"어떻게 스페인어를 할 줄 아시죠?"

그가 목소리의 주인공에게 물었다.

목소리의 주인공은 젊은이였고 서양옷을 입고 있었지만, 피부색으로 보아서는 분명히 이 도시 사람 같았다. 키나 나이도 자신과 비슷해 보였다.

"이곳에는 스페인어를 할 줄 아는 사람이 많아요. 스페인에서 두 시간 정도밖에 떨어져 있지 않으니까요."

"앉으세요. 그리고 마실 것도 좀 시키세요. 내게는 포도주를 좀 시켜주시고요. 이 차는 도저히 마실 수가 없군요."

"이 나라엔 포도주가 없어요. 종교적인 이유로 금지되어 있거든요."

젊은이가 말했다.

산티아고는, 그렇다면 피라미드까지 가는 길을 좀 가르쳐달라고 했다. 그러다 그는 자칫 보물에 대해서도 말할 뻔했지만 가까스로 자신의 경솔을 다스렸다. 이 아랍인이 길을 안내해주는 대가로 보물의 일부를 요구할지도 모르는 일이었다. 그는 아직 손에 넣지도 못한 물건을 두고 대가 운운하는 것은 어리석다는 노인의 말을 떠올렸다.

"괜찮다면 나를 그곳까지 데려다주셨으면 합니다. 답례는 하겠습니다."

"그곳까지 어떻게 갈 건지 생각은 해두었습니까?"

그때 산티아고는 카페 주인이 그들의 대화를 주의깊게 엿듣고 있음을 알아차렸다. 그는 좀 거북해졌다. 하지만 그는 지금 안내자를 만났고, 기회를 놓칠 수는 없는 일이었다.

"당신은 사하라 사막을 건너야 해요. 그러려면 돈이 있어야 하구요. 우선 당신이 돈을 충분히 갖고 있는지 알고 싶은데요."

젊은이가 말했다.

산티아고는 별 이상한 걸 다 묻는다고 생각했다. 그러나 그는 노인을 믿었다. 노인은 무언가를 간절히 원하면 온 우주가 도와준다고 했었다.

그는 주머니에서 돈을 꺼내 젊은이에게 보여주었다. 카페 주인도 기다렸다는 듯 다가와서 돈을 구경했다. 젊은이와 카페 주인은 아랍어로 무언가 이야기를 나누었다. 카페 주인은 화가 난 듯한 표정이었다.

"나갑시다. 주인은 우리가 여기 계속 있는 게 싫은 모양이에요."

젊은이가 말했다.

산티아고는 마음이 가벼워졌다. 그는 계산을 하려고 일어섰다. 하지만 카페 주인이 그의 팔을 붙잡고 뭐라고 떠들어대기 시작했다. 산티아고는 힘이 셌지만, 이곳은 이국 땅이었다. 산티아고의 새로운 친구가 카페 주인을 홀 한구석으로 밀어낸 후 그를 데리고 밖으로 나왔다.

"저 녀석이 당신 돈을 원했거든요."

친구가 말했다.

"탕헤르는 아프리카 다른 곳들과는 달라요. 여기는 부둣가이고, 부둣가에는 도둑놈들이 많다구요."

산티아고는 자신이 위기에 처했을 때 구해준 새 친구를 신뢰하게 되었다. 그는 주머니에서 돈을 꺼내 세어보았다.

"내일이면 피라미드로 갈 수 있어요. 하지만 그러려면 낙타 두 마리를 사야 해요."

친구가 마치 자기 것인 양 산티아고의 돈을 받아들며 말했다.

그들은 탕헤르의 좁은 거리를 함께 걸었다. 골목 모퉁이마다 노점들이 즐비했다. 그들은 마침내 장이 열리고 있는 커다란 광장 한가운데에 이르렀다. 단검, 양탄자, 그리고 온갖 종류의 담뱃대들이 어지럽게 널려 있었고, 많은 사람들이 떠들어대며 물건을 사고팔고 있었다. 하지만 산티아고는 새 친구에게서 눈을 떼지 않았다. 그 친구 수중에 자신의 전 재산이 들어가 있다는 사실을 잊지 않고 있었던 것이다. 다시 돌려달라고 말해볼까 생각도 했으나 우습게 보이거나 실례되는 일일 것 같아 그만두었다. 그는 자기가 밟고 서 있는 이 낯선 땅의 관습에 대해 알지 못했다.

'잘 지켜보고 있으면 되겠지.'

자기가 그 친구보다 힘도 더 센 것 같았다.

갑자기 어지러운 물건들 속에서 산티아고의 시선이 지금까지 한 번도 본 적이 없는 아름다운 단검 한 자루에 가 박혔다. 칼집은 은으로 되어 있고, 까만 손잡이에는 값진 보석들이 박혀 있었다. 그는 이집트에 갔다 돌아오는 길에 그 칼을 꼭 사야겠다고 마음먹었다.

"저 칼 값이 얼마나 되는지 좀 물어봐줘요."

그는 칼에서 눈을 떼지 못한 채 친구에게 말했다. 그런데 순간 이상한 느낌이 들었다.

느닷없이 심장이 오그라들기라도 할 듯 가슴이 조여왔다. 옆을 바라보기가 겁이 났다. 무슨 일이 기다리고 있는지 이미 알 것 같았다. 그의 눈은 아름다운 단검 위에 계속 머물러 있었다. 그는 간신히 용기를 내어 옆을 돌아보았다.

사방에서 사람들이 오가며 소리를 지르고 있었고, 옆 노점에서는 양탄자, 호두, 샐러드 따위를 흥정하고 있었다. 손을 잡고 걸어가는 남자들, 베일로 얼굴을 가린 여자들, 이상한 냄새를 풍기는 이국적인 음식들…… 그러나 어디에도 그 친구의 얼굴은 없었다.

산티아고는 길이 엇갈린 거라고 믿고 싶었다. 그래서 그가 돌아오기를 기다리며 광장에 남아 있기로 했다. 조금 있으니 어떤 사람이 아까 그 탑 위로 올라가 노래를 부르기 시작했다. 그러자 광장에 있던 모든 사람들이 일제히 무릎을 꿇고 땅바닥에 이마를 대더니 노래를 따라 불렀다. 노래가 끝나자 장터의 상인들은 일제히 진열대를 거두어들이고는 개미떼처럼 사라졌다.

해가 지려 하고 있었다. 산티아고는 광장을 둘러싸고 있는 하얀 집들 뒤로 해가 몸을 숨길 때까지 오랫동안 해를 바라보았다. 그는 오늘 아침 저 해가 떠오를 때까지만 해도 다른 대륙에 있었다. 예순 마리의 양을 거느리는 양치기였으며, 한 소녀를 만날 기대에 부풀어 있었다. 오늘 하루, 자신이 돌아다닐 초원에서 어떤 일이 일어날지 훤하게 꿰고 있었다.

그러나 해가 지고 난 지금, 그는 말도 통하지 않는 낯선 땅에서 외톨이 나그네 신세가 되어 있었다. 그는 더이상 양치기도 아니었고, 가진 것도 없었다. 돌아가서 다시 시작할 돈도 남아 있지 않았다.

'이 모든 게 해가 뜨고 지는 하루 사이에 일어난 일이라니⋯⋯'

그러나 살다보면 너무도 갑작스럽게 삶의 모든 것이 뒤바뀌어버리는 경우도 있다고 생각하며 스스로를 위로했다.

그는 울지 않으려고 애쓰는 편이었다. 양들 앞에서도 한 번도 운 적이 없었다. 하지만 장터에는 아무도 없었고, 고향에서도 멀리 떨어진 낯선 곳이었다.

울음이 터져나왔다. 신은 불공평했다. 오직 꿈 하나만 믿었던 사람에게 이런 식으로 보상할 수는 없는 일이었다.

'양들과 함께 있을 때 난 즐거웠고, 주변 사람들도 행복해했지. 사람들은 언제나 내게 친절했어. 하지만 난 지금 슬프고 불행해. 어떻게 해야 하지? 그래, 난 이제부터 혹독해질 거야. 사람들을 믿지 않겠어. 이미 한 녀석이 날 배신했잖아? 보물을 찾았다는 녀석들도 증오할 거야. 난 아직 내 보물을 만나지 못했으니까. 그리고 내가 가진 아주 작은 것이라도 움켜쥐고 절대로 놓지 않겠어. 세상 전체를 끌어안기에는 나는 너무 왜소하니까.'

산티아고는 무엇이 남아 있나 보려고 배낭을 열었다. 배에서 먹던 샌드위치가 아직 남아 있을지도 몰랐다. 하지만 배낭 안에는 두꺼운 책 한 권과 겉옷, 그리고 노인이 준 두 개의 보석뿐이었다.

보석들을 보니 왠지 마음이 놓였다. 금으로 만든 노인의 흉패에 있던 보석들. 양 여섯 마리와 바꾼 것이었다. 돌아갈 여비는 걱정하지 않아도 될 것 같았다.

'이제부턴 영악하게 행동하겠어.'

산티아고는 마음을 굳게 다지며 보석들을 배낭 깊숙한 곳에 숨겼다. 이곳은 부둣가였고, 달아난 그 친구가 진실을 말한 게 있다면 부둣가에는 도둑이 많다는 점이었다. 카페 주인의 행동도 이제 와서 생각해보니 이해가 되었다. 그는 그 친구를 믿지 말라고 이야기하려 했던 것이다.

'나 역시 다른 사람들과 똑같아. 어떤 일이 실제로 일어나는

대로 세상을 보는 게 아니라 그렇게 되었으면 하고 바라는 대로 세상을 보는 거지.'

그는 다시 보석들을 꺼내어 가만히 쳐다보았다. 그리고 하나씩 조심스럽게 쓰다듬었다. 보석의 온기와 매끈한 표면의 감촉이 느껴졌다. 이것들이야말로 지금의 그에게는 최고의 보물이었다. 단지 만지기만 해도 마음이 편안해졌다. 노인의 말이 떠올랐다.

"무언가를 간절히 원할 때, 온 우주는 자네의 소망이 실현되도록 도와준다네."

산티아고는 이 말의 참뜻을 이해해보려 애썼다. 그는 사람들이 다 돌아가버린 광장에 돈 한푼 없이, 지켜야 할 양 한 마리 없이 홀로 서 있었다. 그러나 이 두 개의 보석은 그가 왕을 만났다는 사실을 증명해주고 있었다. 아버지의 칼을 훔쳤던 일이며 심지어는 첫번째 성경험까지, 그의 모든 인생살이를 훤히 알고 있던 분이었다.

"이 보석들은 앞날을 결정할 때 쓸 수 있다네. 우림과 툼밈이라고 부르지."

산티아고는 보석들을 다시 배낭 속에 집어넣으며 정말 그런지 한번 시험해보고 싶었다. 보석들은 진정 원하는 것을 알려고 할 때만 소용이 되므로 분명한 질문만 해야 한다고 노인은 말했었다.

우선 산티아고는 노인의 보살핌이 아직도 자신에게 미치고 있는지 물었다.

그리고 보석 하나를 꺼냈다. '예'를 뜻하는 검은 보석이었다.

그는 대답을 얻은 보석을 배낭 속에 다시 집어넣고 두번째 물음을 던졌다.

"과연 보물을 찾을 수 있을까?"

그때, 배낭에 난 구멍으로 두 개의 보석이 모두 굴러떨어졌다. 배낭에 구멍이 나 있었던 모양이었다. 그는 땅에 떨어진 우림과 툼밈을 주우려고 허리를 굽혔다. 그 순간, 머릿속을 스치는 말이 있었다.

"표지를 주의깊게 살피고 따르는 법을 배우게."

늙은 왕이 한 말이었다.

표지. 산티아고는 빙그레 미소지으며 보석을 주워 다시 배낭 안에 넣었다. 보석들은 원하면 그 구멍으로 다시 빠져나올 수도 있었지만, 그는 배낭을 꿰맬 생각이 없었다. 자신의 운명에서 벗어나지 않으려면 남에게 물어봐서는 안 되는 일도 있다는 걸 이해했던 것이다.

"나 자신의 결정을 따르기로 약속했었지."

그는 스스로에게 확인하듯 말했다.

어쨌든 보석들은 노인의 보살핌이 계속될 거라고 말해주었고, 그의 믿음은 힘을 얻었다. 산티아고는 텅 빈 시장을 다시 한번 바라본 후, 조금 전 느꼈던 절망을 털어냈다. 이곳은 더이상 낯선 곳이 아니었다. 새로운 세계였다.

따지고 보면, 이것이야말로 그가 원하던 일이었다. 그는 진정

새로운 세상을 알고 싶어했다. 아직 피라미드에 도달한 것은 아니지만, 그는 다른 어떤 양치기보다도 먼 곳까지 와 있었다.

'아, 만약 그들이 배로 겨우 두 시간 걸리는 곳에 이렇게 다른 세계가 존재한다는 사실을 알게 된다면.'

새로운 세계는 텅 빈 시장의 모습을 하고 그의 눈앞에 있었다. 하지만 그는 이 광장이 삶의 활기로 가득 차 있던 순간을 이미 보았고, 그 살아 숨쉬던 광경을 결코 잊지 않을 것이었다. 그는 단검을 떠올렸다. 잠시 바라보기만 하는 데에도 너무도 비싼 대가를 치러야 했지만, 그것은 그가 그때까지 한 번도 본 적이 없는 물건이었다. 그 순간 그는 깨달았다. 이 세상은 도둑에게 가진 것을 몽땅 털린 불행한 피해자의 눈으로도 볼 수 있지만, 보물을 찾아나선 모험가의 눈으로도 볼 수 있다는 사실을.

'나는 보물을 찾아나선 모험가야.'

혼곤한 잠 속에 빠져들면서 그는 생각했다.

▲　▲　▲

누군가 어깨를 흔들어 깨우는 바람에 산티아고는 잠에서 깨어났다. 시장 한복판에서 잠이 들어버렸던 모양이었다. 이제 광장은 새로운 하루의 활기를 되찾고 있었다.

그는 양을 찾으려고 사방을 두리번거리다가 자신이 이제 다른 세상에 와 있음을 깨달았다. 슬프지는 않았다. 오히려 행복했다.

이젠 양들을 위해 물과 먹이를 찾아 돌아다닐 필요가 없었다. 그 대신 보물을 찾아가는 미지의 모험이 그를 기다리고 있었다. 물론 주머니엔 동전 한푼 없었지만, 그에겐 삶에 대한 믿음이 있었다. 그는 어젯밤에 모험가가 되기로 결심했던 것이다. 즐겨 읽던 책에 나오는 멋진 주인공들처럼.

그는 일어나서 천천히 광장을 거닐었다. 상인들이 진열대를 세우고 있었다. 그는 과자 장수의 일을 도왔다. 그 상인의 얼굴에는 특별한 미소가 감돌고 있었다. 기쁨으로 충만하고 삶을 향해 활짝 열려 있는 그의 얼굴에는 진지하게 하루 일과를 시작하는 사람의 아름다운 미소가 깃들어 있었다. 어디선가 본 듯한 그 미소는 신비로운 늙은 왕, 노인의 미소와 흡사했다.

'이 과자 장수는 세상을 여행하고 싶다거나 가게 주인의 딸과 결혼하기 위해서 과자를 만들어 파는 건 아니겠지. 그래, 그는 그저 이 일이 좋아서 하는 걸 거야.'

산티아고는 생각했다. 그리고 그는 노인과 똑같은 일을 자기도 할 수 있게 되었음을 깨달았다. 그건 어떤 사람이 자신의 자아의 신화와 가까이 있는지 멀리 떨어져 있는지를 알아보는 일이었다.

'참 쉬운 일이야. 하지만 나도 전에는 이 사실을 알지 못했지.'

진열대를 다 세우고 나자 친절한 과자 장수는 갓 구운 첫번째 과자를 산티아고에게 주었다. 그는 기쁘게 과자를 먹고 길을 떠났다. 조금 걷다가 그는 과자 장수와 자신이 진열대를 세우며 서로 다른 언어로 대화를 나누었던 것을 기억해냈다. 그러니까 한

사람은 아랍어로, 한 사람은 스페인어로 말했던 것이다.

그런데도 두 사람은 서로의 말을 완전히 이해하지 않았던가.

'언어의 장벽을 뛰어넘는 무언의 언어가 있는 게 틀림없어. 난 양들과 함께 지내며 그걸 알았고, 이젠 사람들 사이에서 다시 똑같은 경험을 하고 있는 거야.'

산티아고는 새롭게 많은 것들을 배우고 있었다.

전에 경험했던 것들도 있었지만 길을 떠난 후에 새로운 눈으로 새삼스레 그 숨은 의미를 깨치게 되는 것들이 많았다. 그전에는 너무 익숙해 아무런 깨달음도 주지 않았던 것들로부터.

'만약 내게 무언의 언어를 해독할 능력이 있다면, 이 세계 전체를 해독할 수 있을 거야.'

산티아고는 느긋하게, 걱정 따위는 접고 탕헤르의 작은 골목들을 걸어보기로 했다. 표지를 알아보려면 그 방법밖에 없을 것 같았다. 상당한 인내심이 필요할 테지만, 양치기로 살면서 얻은 최고의 재산이 곧 인내심이었다.

그는 양들과 함께하며 배웠던 것들을 새롭게 깨치며 이 낯선 세계에 적응해가고 있었다.

"세상 만물은 모두 한가지라네."

노인이 말했었다.

▲  ▲  ▲

크리스털 가게의 상인은 잠에서 깼다. 날이 밝아 있었다. 아침
이면 어김없이 찾아오는 불안과 걱정은 이날도 예외가 아니었다.
그는 거의 삼십 년 가까운 세월을 비탈진 거리 꼭대기에 자리한
자신의 상점에서 보냈다. 손님들의 왕래는 거의 없었다. 이제 다
른 일을 시작하기에도 너무 늦었다. 살아오면서 배운 것이라곤
크리스털 그릇을 사고파는 일뿐이었다. 가게가 손님들로 북적이
던 때도 있었다. 아랍 상인들, 프랑스와 영국의 지리학자들, 그리
고 독일 군인들. 그들의 주머니에는 언제나 돈이 두둑했다. 멋진
날들이었다. 부자가 되고, 아름다운 여자들을 거느리고…… 상
상만 해도 즐거웠다. 그러나 잠깐이었고, 한때의 좋은 경기도 옛
일이 되어버렸다. 세우타 시가 탕헤르 시보다 더 커지면서 상거래
의 흐름이 바뀌어버린 것이다. 상인들은 대부분 다른 곳으로 옮겨
갔다. 그처럼 어쩌지 못하는 가게들만 남았다. 자연히 사람들의
발길이 뜸해졌다.

그는 오전 내내 가게 앞 좁은 거리를 물끄러미 바라보며 앉아
있었다. 사람들이 드문드문 지나갔다. 수년 전부터 똑같이 반복
해온 오전 일과였다. 이제는 행인 한 사람 한 사람에 대해 두루
꿰고 있을 정도였다.

점심때가 다 되었을 때, 외국인으로 보이는 한 젊은이가 가게
앞에 멈춰 섰다. 옷차림은 평범했지만, 왠지 빈털터리일 것 같은

느낌이 들었다. 그는 젊은이의 행동을 좀더 지켜보기로 했다.

▲ ▲ ▲

상점 앞에 세워진 안내판에는 여러 나라 말로 안내문이 씌어 있었다. 산티아고는 누군가가 계산대 뒤에서 나오는 것을 보고 말을 건넸다.

"원하신다면 이 그릇들을 닦아드리겠습니다. 이런 상태라면 아무도 사가려고 하지 않을 거예요."

하지만 상점 주인은 아무 말 없이 그를 바라보고만 있었다.

"품삯으로는 먹을 것만 주시면 됩니다."

상점 주인은 여전히 침묵하고 있었다. 산티아고는 결정이 자신에게 달려 있다는 것을 알아차렸다. 배낭 속에는 겉옷 한 벌이 들어 있었다. 사막에서는 더이상 필요 없는 것이었다. 그는 겉옷을 꺼내 그릇들을 닦기 시작했다. 반시간 남짓, 그는 진열대에 놓여 있던 그릇들을 모두 닦았다. 그사이 손님 둘이 들어와 크리스털 그릇 몇 개를 사갔다.

일을 끝낸 그는 주인에게 먹을 것을 부탁했다.

"좋네. 함께 나가세."

크리스털 가게 상인이 처음으로 청년을 향해 말문을 열었다.

그는 상점 문에 작은 표지판을 걸어놓은 후, 언덕 위에 있는 조그만 식당으로 젊은 친구를 데려갔다. 그들은 하나밖에 없는

테이블에 앉았다. 상인이 미소를 지으며 말했다.

"자네가 꼭 그릇을 닦는 수고를 할 필요는 없었네. 코란의 율법에는 누구든 배고픈 자에게는 먹을 것을 주라고 되어 있거든."

"그럼 왜 제가 그릇을 닦도록 내버려두셨나요?"

청년이 물었다.

"그릇들이 더러웠기 때문이지. 자네나 나나 머릿속에 나쁜 생각이 들어가면 닦아내야 하지 않나."

식사를 다 끝마치자 상인은 청년 쪽으로 몸을 숙였다.

"나는 자네가 내 가게에서 일해주었으면 하네. 오늘 자네가 그릇을 닦는 동안 손님이 둘이나 들어왔어. 이것은 좋은 표지일세."

'사람들은 표지라는 말을 참 많이 쓰는군. 하지만 자기들이 하는 말의 뜻을 정확히 알고 있지는 않아. 나 자신, 그 오랜 세월 동안 양들과 무언의 언어로 말해왔다는 걸 몰랐던 것처럼 말이야.'

"우리 가게에서 일하겠나?"

상인이 다시 한번 물었다.

"오늘 남은 시간 동안 일해드릴 수 있습니다. 밤을 새워서라도 가게 안의 모든 그릇을 닦아드리겠습니다. 대신 저에겐 내일 이집트로 갈 여비가 필요합니다."

나이든 상인은 웃기 시작했다.

"자네가 내 가게 안에 있는 그릇들을 일 년 내내 닦고, 매일 그릇을 판 판매수당을 받는다 해도 이집트까지 가려면 돈이 더 있어야 돼. 탕헤르와 피라미드 사이에는 수천 킬로미터의 사막이

가로놓여 있으니 말이야."

잠시 침묵이 흘렀다. 침묵이 너무 깊어 갑자기 온 도시가 잠들어버린 것 같았다. 이젠 길가의 상점들도 존재하지 않는 듯했고, 장사꾼들이 떠들어대는 소리도 그쳤다. 탑에 올라가 노래를 부르는 사람들도, 장식이 박힌 멋진 단검도, 아무것도 존재하지 않는 듯했다. 희망도 모험도 늙은 왕도, 자아의 신화도 끝나버렸다. 보물도 피라미드도 이젠 없었다. 온 세상이 다함께 입을 다물어버린 듯 느껴졌다. 청년 산티아고의 마음이 침묵으로 꽉 잠겨버렸기 때문이었다. 아픔도 괴로움도 절망도 느낄 수 없었다. 이 순간, 식당의 작은 문 너머를 바라보는 공허한 시선만이, 죽음을 향한 커다란 갈망만이, 모든 게 영원히 끝나버리는 것을 바라보는 시선만이 존재할 뿐이었다.

상인은 놀란 눈으로 젊은 친구를 바라보았다. 방금 전까지만 해도 청년의 얼굴에 충만했던 밝은 기운이 갑자기 송두리째 사라져버린 것 같았다.

"고향으로 돌아갈 여비는 내가 줄 수 있네."

상인이 말했다.

하지만 청년은 아무 말이 없었다. 잠시 후 그는 일어서서 옷을 툭툭 털더니 배낭을 챙겨들었다.

"아저씨 가게에서 일하겠습니다."

그리고 다시 긴 침묵이 흐른 뒤에 청년은 말을 맺었다.

"제겐 양을 살 돈이 필요하거든요."

Part Two

2부

산티아고가 크리스털 가게에서 일한 지 한 달 가까이 지났다. 상점 일은 그다지 즐겁지 못했다. 상점 주인은 물건을 조심스럽게 다루라느니, 하나라도 깨뜨리면 안 된다느니 하루 종일 계산대 뒤에서 잔소리를 해댔다.

그럼에도 산티아고는 그곳을 떠나지 않았다. 상점 주인은 까다로운 늙은이긴 했지만, 적어도 셈이 흐릿한 사람은 아니었다. 산티아고는 그릇 하나를 팔 때마다 적지 않은 판매수당을 받았고, 조금씩 돈도 모을 수 있었다. 오늘 아침에 계산해보니, 지금처럼 일한다면 양들을 다시 되사는 데 일 년이면 될 것 같았다.

"바깥에도 진열대를 하나 만들었으면 합니다. 그렇게 하면 저 아래 언덕 밑을 지나가는 사람들의 시선을 끌 수 있을 거예요."

산티아고가 상점 주인에게 말했다.

"그런 건 지금까지 한 번도 만든 적이 없다네. 밖에 그릇을 진열했다가 지나가던 사람들이 건드리기라도 하면 그릇이 깨지기밖에 더하겠나?"

"제가 양들과 함께 초원을 돌아다닐 땐 양들이 뱀에 물려 희생되는 일도 있었습니다. 하지만 그런 위험은 양과 양치기들에겐 삶의 일부일 뿐이지요."

마침 주인은 그릇을 사려는 손님과 흥정중이었다. 크리스털 그릇은 그 어느 때보다도 잘 팔리고 있었다. 마치 시간이 거꾸로 흘러 탕헤르의 가장 번화한 시절로 되돌아간 것 같았다.

"손님이 점점 더 많아지고 있네."

손님이 나간 후 주인이 말했다.

"지금 버는 돈으로도 나는 더 잘살 수 있고, 자네도 시간이 지나면 다시 양을 살 수 있을 텐데, 무얼 더 바라나?"

"우린 표지를 좇아야 합니다."

산티아고는 무심코 대답했다. 그러나 상점 주인은 한 번도 왕을 만나본 적이 없지 않은가. 괜한 말을 한 것 같았다.

"그걸 '은혜의 섭리'라고 부르지. 바로 초심자의 행운이라는 거야. 그런 행운이 따르는 건 자네의 삶이 자네가 자아의 신화를 이루며 살아가길 원하기 때문일세."

늙은 왕의 말이 떠올랐다.

하지만 산티아고의 추측과 달리 상점 주인은 점원의 말을 충분히 알아듣고 있었다. 청년이 그의 가게에 나타난 것부터가 이미 하나의 표지였고, 금고에 돈이 늘어가면서 상점 주인은 이 스페인 친구를 고용한 걸 아주 잘한 일이라고 생각하고 있었다. 산티아고는 생각보다 훨씬 일을 잘하고 돈을 잘 벌어주고 있었다. 사실 후한 판매수당을 제시했던 것도 이렇게 장사가 잘되리라고는 전혀 생각지 못했기 때문이었다. 그러나 그는 얼마 안 있어 다시 양치기로 돌아갈 것 같았다.

"그런데 자네는 무엇 때문에 피라미드를 찾아가려는 건가?"

진열대에 관한 화제도 돌려볼 겸 상점 주인이 물었다.

"사람들이 늘 그곳에 대해 말하기 때문이에요."

산티아고는 자신의 꿈에 대한 이야기는 피하며 대답했다. 보물이란 이제 그에게 가슴 아픈 추억일 뿐이어서 가능하면 생각하고 싶지 않았다.

"단지 피라미드를 보겠다는 이유 하나만으로 사막을 건너려고 하는 사람은 이곳에서 본 적이 없네. 피라미드는 그저 수많은 돌들을 쌓아놓은 돌무더기일 뿐이야. 자네도 자네 정원에 피라미드를 만들 수 있다네."

"하긴 아저씨는 한 번도 여행하는 꿈을 가져보지 못했을 테니까요."

가게 안으로 들어오는 손님을 맞이하며 산티아고가 말했다.


이틀 후에 상점 주인은 진열대 문제를 다시 꺼냈다.

"나는 변화를 별로 좋아하지 않아. 자네나 나나 핫산 같은 부유한 상인은 아니니 말이야. 핫산이라면 무리한 지출을 한다 해도 별로 큰 해가 될 건 없지. 하지만 우리 같은 사람들은 한번 실수를 하면 매일 그 실수에 눌려 살아야 한단 말이야."

'그건 사실이야.'

산티아고는 속으로 고개를 끄덕였다.

"진열대를 만들었으면 하는 진짜 이유가 뭔가?"

상점 주인이 물었다.

"제 양들을 더 빨리 되찾기 위해서입니다. 기회가 가까이 오면 우리는 그걸 이용해야 합니다. 기회가 우리를 도우려 할 때 우리도 기회를 도와 할 수 있는 모든 일을 해야 합니다. 그것을 은혜의 섭리라고 하기도 하고 '초심자의 행운'이라고도 합니다."

늙은 가게 주인은 잠시 가만히 있다가 입을 열었다.

"예언자 마호메트께서는 코란을 주시면서 죽는 날까지 우리가 지켜야 할 다섯 가지 계율을 부과하셨지. 그중 가장 중요한 건 신은 오직 한 분뿐이라는 거야. 나머지 계율은 하루에 다섯 번 기도하라는 것, 라마단 기간엔 금식하라는 것, 가난한 이들에게 자비를 베풀라는 것이네."

상점 주인은 말을 멈추었다. 위대한 예언자의 말씀을 이야기하는 그의 눈은 눈물로 가득 차 있었다. 그는 독실한 신자였고, 자주 조급한 성격을 드러내긴 했지만, 이슬람의 율법대로 살려고 애쓰는 사람이었다.

"마지막 다섯번째 계율은 무엇입니까?"

산티아고가 물었다.

"이틀 전에 자네는 내가 여행하는 꿈을 한 번도 가져보지 못했을 거라고 말했지."

주인이 말을 이었다.

"모든 이슬람 신도들이 지켜야 할 다섯번째 의무는 여행일세. 우리는 일생에 적어도 한 번, 성지 메카로 순례여행을 해야 한다네. 메카는 피라미드보다도 훨씬 더 먼 곳에 있어. 젊었을 때 난 수중에 있던 얼마 안 되는 돈으로 어렵게 이 가게를 시작했네. 언젠가 부자가 되면 메카로 순례여행을 하려고 했지. 한때 꽤 장사가 잘됐고 돈을 좀 모으긴 했지만, 크리스털 그릇이란 무척 깨지기 쉬운 거라서 누구에게도 안심하고 가게를 맡길 수 없었어. 그무렵 이 가게 앞으로는 메카로 가는 많은 순례 행렬이 지나다녔지. 여러 명의 시종과 여러 마리 낙타를 거느린 돈 많은 순례자도 있었지. 하지만 대부분은 가난한 사람들이었어. 모두들 기쁨에 들떠 순례여행을 다녀오고, 집 대문에는 순례여행의 상징물을 걸어놓았지. 순례여행을 다녀온 한 구두 수선장이가 말하길, 자기는 거의 일 년 동안 사막을 걸어야 했지만, 그에 비하면 오히려 가죽을 사기 위해 탕헤르의 골목길을 걸어다니는 일이 더 피곤하다는 거야."

"그런데 아저씨는 왜 지금이라도 메카에 가지 않는 거죠?"

산티아고가 물었다.

"왜냐하면 내 삶을 유지시켜주는 것이 바로 메카이기 때문이지. 이 모든 똑같은 나날들, 진열대 위에 덩그러니 얹혀 있는 저 크리스털 그릇들, 그리고 초라한 식당에서 먹는 점심과 저녁을 견딜 수 있는 힘이 바로 메카에서 나온다네. 난 내 꿈을 실현하고 나면 살아갈 이유가 없어질까 두려워. 자네는 양이나 피라미드에 대한 꿈을 가지고 있고 그걸 실현하길 원하지. 그런 점에서 자넨 나와 달라. 나는 오직 메카만을 꿈으로 간직하고 싶어. 마음속으로는 벌써 수천 번 사막을 가로질러 성스러운 반석이 있는 광장에 도착하고, 율법에 따라 그 바위를 만지기 전에 광장을 일곱 바퀴 돌고 있는 나 자신을 눈앞에 그려보았지. 나는 이미 내게 일어날 일이며 내 앞에 기다리고 있는 일, 그리고 함께 나눌 대화와 기도까지 상상해보았어. 다만 내게 다가올지도 모르는 커다란 절망이 두려워 그냥 꿈으로 간직하고 있기로 한 거지."

그날 상점 주인은 산티아고에게 진열대를 만들어도 좋다고 허락했다.
모든 사람이 같은 방식으로 꿈을 보는 것은 아니었다.

두 달이 더 지났다. 크리스털 상점의 진열대는 손님을 많이 불러모았다. 산티아고의 셈으로는 앞으로 육 개월만 더 일하면 스페인으로 돌아가 양 예순 마리를 사고, 또 예순 마리를 더 살 수도 있을 것 같았다. 일 년 안에 양떼를 두 배로 불릴 자신이 있었다. 아랍인들과의 거래도 가능했다. 아랍어도 구사할 수 있게 되었으니 말이다.

광장에서의 그날 오후 이후로 그는 더이상 우림과 툼밈을 사용하지 않았다. 가게 주인에게 메카가 그런 것처럼 그에게 이집트의 피라미드는 이제 멀리 떨어져 있는 꿈일 뿐이었다. 산티아고는 자신의 일에 만족하고 있었다. 그는 매 순간 승리자의 후광을 쓰고 타리파에 도착하는 자신의 모습을 머릿속에 그렸다.

"자신이 원하는 게 무언지 언제나 알고 있어야 해. 잊지 말게."

늙은 왕이 말했었다. 산티아고는 이제 자신이 원하는 것을 알고 있었고, 그 목표를 위해 일하고 있었다. 어쩌면 그가 찾은 보물은 이 낯선 땅에 오게 된 것, 도둑을 맞아 빈털터리가 된 것, 그리고 다시 한푼도 축내지 않고 양떼를 두 배로 불리게 된 것인지도 몰랐다.

그는 스스로가 대견스러웠다. 크리스털 그릇을 사고파는 일, 무언의 언어 그리고 표지들 같은 중요한 것들을 배웠으니 말이다. 어느 날 오후, 산티아고는 언덕 위에서 한 남자를 만났다. 그는 비탈길을 힘들여 올라왔는데 목을 축일 만한 곳이 없다고 불평을 했다. 산티아고는 이제 표지가 하는 말을 알아들을 수 있었기 때문에 곧장 상점 주인에게 가서 말했다.

"언덕을 올라오는 사람들을 위해 차를 팔면 어떨까요?"

"이 근처엔 차를 파는 곳이 이미 많이 있네."

상점 주인이 대답했다.

"우리는 크리스털 잔에 차를 파는 거예요. 사람의 마음을 가장 강하게 끌어당기는 것은 바로 아름다움이거든요."

상점 주인은 한동안 아무 말도 하지 않고 자신의 점원을 물끄러미 바라보았다. 그날 오후, 저녁기도를 마치고 가게 문을 닫은 뒤 상점 주인은 산티아고를 밖으로 불러냈다. 그는 아랍인들이 피우는 나르길레*를 산티아고에게 권했다.

"자네, 대체 무엇을 하고 싶어서 그러나?"

늙은 크리스털 상인이 물었다.

"전에 말씀드린 대로입니다. 저는 양을 다시 사야 해요. 그러려면 돈이 필요하고요."

늙은 상인은 나르길레에 새로 불을 붙인 뒤 연기를 깊이 들이마셨다.

"난 삼십 년 동안 이 가게를 운영해왔네. 어떤 크리스털이 좋고 어떤 크리스털이 나쁜지, 어디에 쓰면 좋은지 모든 것을 자세히 알고 있지. 나는 내 가게와 그 규모, 그리고 손님들에게 익숙해져 있어. 자네가 크리스털 잔에 차를 담아 팔면 가게 일은 더 잘될 거야. 하지만 그렇게 되면 난 내 삶의 방식을 바꿔야 해."

"좋은 일 아닌가요?"

산티아고가 물었다.

---

* 연기가 물을 거쳐서 나오게 만든 담뱃대.

"다시 말하지만 난 내 삶에 무척 익숙해져 있네. 자네가 오기 전에 나는 내 친구들이 파산도 하고 가게를 키우기도 하며 변화하는 동안 그저 같은 장소에서 세월만 보내고 있다고 생각했었네. 그리고 그것 때문에 항상 우울했지. 그러나 지금은 꼭 그런 것만은 아니라는 걸 알게 됐어. 지금의 이 가게가 내가 바라던 꼭 그만큼의 가게라는 걸 알게 된 거지. 난 어떻게 달라져야 하는지도 모르고, 또 달라지고 싶지도 않네. 난 지금 이대로의 내 상황이 만족스러워."

산티아고는 무슨 말을 해야 할지 알 수 없었다. 상인은 말을 이었다.

"자네는 내게 복을 가져다주었어. 그리고 이제 나는 새로운 한 가지를 알게 되었네. 모든 복이 다 좋은 것만은 아니라는 사실 말이야. 난 인생에서 더이상 바라는 게 없었다네. 하지만 자네는 내가 까맣게 잊어버렸던 부와 미래를 보게 만들었지. 내게 여러 가지 큰 가능성이 있다는 것도. 하지만 이전의 내 상태보다 더 좋게 느껴지지가 않아. 내가 모든 것을 가질 수도 있다는 걸 알게 되었지만, 정작 그것들을 원하지 않으니 말일세."

'팝콘 장수 이야기를 해주지 않은 게 다행이군.'

산티아고는 생각했다.

어느덧 해가 지고 있었고, 두 사람은 계속해서 나르길레를 피우고 있었다. 그들은 아랍어로 대화를 나누고 있었다. 산티아고는 아랍어로 말하고 있는 자신이 자랑스러웠다. 그에겐 양들을

92

통해 세상의 모든 것을 배울 수 있다고 생각했던 시절이 있었다. 하지만 양들은 아랍어를 가르쳐주지는 못했다.

'세상에는 분명히 양들이 가르쳐주지 못하는 다른 세계가 있는 거야. 양들은 물과 먹이 외에는 아무것도 찾지 않거든. 사실은 양들이 가르쳐준 게 아니라 내가 배운 거지.'

상점 주인을 말없이 바라보며 산티아고는 생각했다.

그때 상점 주인이 불쑥 말했다.

"마크툽*."

"그게 무슨 말이죠?"

"자네가 아랍인으로 태어났어야 알아들을 수 있는 말이지."

상점 주인이 대답했다.

"굳이 번역하자면 '기록되어 있다'는 뜻이지."

상점 주인은 담뱃불을 끄면서 산티아고에게 크리스털 잔에 차를 담아 손님들에게 팔아도 좋다고 했다.

때로는 인생의 강물을 저지하는 것이 불가능할 때도 있다.

사람들이 힘들어하며 언덕을 올라왔다. 언덕 위에는 시원한

---

\* 대개 종교적인 의미로 쓰이는 아랍어로 '그건 내가 하는 말이 아니라 이미 씌어 있는 말이다'라는 의미. '어차피 그렇게 될 일이다' 정도의 뜻으로 해석할 수 있다.

박하차와 아름다운 크리스털 그릇을 파는 가게가 있었다. 사람들은 예쁜 크리스털 잔에 담겨 나오는 차를 마시러 가게 안으로 들어왔다.

"내 아내는 이런 생각을 못 했는데."

한 남자가 말했다. 그는 크리스털 잔 몇 개를 사갔다. 그는 그날 밤 집에서 손님을 대접하기로 되어 있었고, 손님들이 그 비싼 찻잔에 깊은 인상을 받으리라고 생각했던 것이다. 다른 손님 하나는 일부러 들러서 차는 역시 크리스털 주전자로 우려내야 하더라고 말했다. 그렇게 해야 향기가 더 잘 보존된다면서 말이다. 또다른 손님은 동양에서는 크리스털 잔의 마법 같은 효능 때문에 꼭 크리스털 잔에 차를 담아내는 관습이 있다고 말했다.

오래지 않아 크리스털 잔에 담겨 나오는 차에 대한 소문은 멀리 퍼져나갔고, 색다른 가게를 구경하려고 사람들이 언덕 위에 몰려들었다. 크리스털 잔에 차를 담아 파는 가게들이 많이 생겨났지만, 그 가게들은 언덕 위에 있는 것이 아니어서 언제나 파리만 날렸다.

상점 주인은 점원 두 명을 더 채용해야 했다. 크리스털 잔과 엄청난 양의 차를 속속 들여놓았지만, 새로운 것에 목말라 있는 사람들 덕택에 팔리는 데는 잠깐이었다.

그렇게 여섯 달이 또 흘렀다.

▲ ▲ ▲

산티아고는 잠에서 깼다. 아직 동 트기 전이었다. 아프리카 대륙에 처음 발을 디딘 지 열한 달하고 구 일이 지난 날이었다.

그는 이날을 위해 특별히 사둔 흰색 아마로 짠 아랍옷을 입었다. 머리엔 터번을 두르고, 손가락에는 낙타털로 만든 반지를 끼었다. 그리고 새로 산 샌들을 신고 소리없이 아래층으로 내려왔다.

도시는 아직 잠들어 있었다. 그는 참깨를 뿌린 샌드위치를 먹고, 크리스털 잔에 뜨거운 차를 따라 마셨다. 그런 다음, 가게 문지방에 앉아 혼자 나르길레를 피우기 시작했다.

그는 아무 생각 없이 사막의 냄새를 싣고 오는 바람 소리만을 들으며 조용히 담배를 피웠다. 담배를 다 피운 후, 주머니 안에 손을 집어넣어 무언가를 꺼냈다. 그리고 잠시 동안 그것을 묵묵히 바라보았다.

손에 든 것은 두툼한 돈뭉치였다. 양 백스무 마리를 사고, 고향으로 돌아갈 여비를 하고, 고향에서 상업허가증을 살 수 있는 충분한 액수의 돈이었다.

그는 늙은 상점 주인이 잠자리에서 일어나 가게 문을 열 때까지 조용히 기다렸다. 그들은 함께 차를 마셨다.

"오늘 떠나겠습니다. 이젠 양을 살 돈이 충분합니다. 아저씨도 메카에 갈 수 있는 충분한 돈을 갖고 계시고요."

늙은 상점 주인은 아무 말도 하지 않았다.

"신의 축복이 함께하시기를 빕니다. 아저씨는 저를 도와주셨습니다."

산티아고는 다시 말했다.

하지만 주인은 조용히 차를 더 끓일 뿐이었다. 시간이 좀더 흘렀다. 이윽고 상점 주인은 산티아고를 돌아보며 말했다.

"난 자네가 자랑스럽네. 자네는 이 크리스털 가게에 생기를 가져다주었어. 하지만 나는 메카에 가지 않을 거야. 자네도 그걸 잘 알고 있겠지. 자네는 또한 자네가 양을 사지 않을 거라는 것도 알고 있겠지."

"누가 그러던가요?"

산티아고가 놀라서 소리쳤다.

"마크툽."

늙은 크리스털 상인은 짧게 대답했다. 그리고는 산티아고를 축복해주었다.

▲　▲　▲

산티아고는 방으로 돌아와 짐을 꾸렸다. 짐은 세 보따리 가득이었다. 방을 나서려다 한쪽 구석에 놓여 있는 양치기 시절의 낡은 배낭을 발견했다. 배낭은 낡고 흠집투성이였다. 지금까지 그는 그 배낭의 존재를 잊고 지내왔다. 배낭에는 책과 겉옷이 들어 있었다. 길을 가다 처음으로 만나는 사람에게 주어야겠다고 생각하며 배낭에서 겉옷을 꺼내는 순간, 보석 두 개가 바닥으로 굴러떨어졌다. 우림과 툼밈이었다.

그는 늙은 왕을 기억해냈다. 그리고 이렇게 오랫동안 그 노인과의 만남을 잊고 지내왔다는 사실에 무척 놀랐다. 패배자의 모습으로 돌아가지 않기 위해 일 년 가까운 시간 동안 돈 모으는 일만 생각하며 쉬지 않고 일했던 것이다.

"절대로 꿈을 포기하지 말게. 표지를 따라가."

늙은 왕이 말했었다.

산티아고는 바닥에서 우림과 툼밈을 주워들었다. 노인과 가까이 있을 때 느꼈던 그 이상한 느낌이 다시 한번 몸을 훑고 지나갔다. 그는 일 년여를 힘들게 일했고, 표지들은 떠날 순간이 왔음을 가르쳐주고 있었다.

'예전의 내 모습으로 다시 돌아가야지. 양들은 여전히 아랍어를 가르쳐주지는 못할 테지.'

산티아고는 생각했다.

물론 양들은 그에게 중요한 다른 한 가지를 가르쳐주었다. 세상에는 세상 사람들이 모두 이해할 수 있는 어떤 언어가 존재한다는 사실 말이다. 그는 바로 그 언어를 통해 지금까지 가게를 키워올 수 있었다. 그건 사랑, 열정, 무언가를 바라고 믿는 마음으로 만들어지는 감동의 언어였다. 이제 탕헤르는 더이상 낯선 도시가 아니었다. 이 도시를 정복했듯이 이 세상도 정복할 수 있을 것 같았다.

"자네가 무언가를 간절히 원할 때, 온 우주는 자네의 소망이 실현되도록 도와준다네."

늙은 왕은 이런 말도 했었다.

그러나 그 늙은 왕은 도둑과 거대한 사막, 자신의 꿈이 무엇인지 알고 있으면서도 그것을 실현하려고 하지 않는 사람들에 대해서는 말해주지 않았다. 늙은 왕은 피라미드가 그저 거대한 돌무더기에 불과하다는 것, 그리고 누구든 자신의 정원에 그런 돌무더기를 만들 수 있다는 사실도 말해주지 않았다. 어쩌면 그는 전보다 더 많은 양떼를 살 수 있는 돈이 있을 땐 주저없이 사야 한다는 말을 해주는 것도 잊었는지 몰랐다.

산티아고는 배낭을 집어 다른 보따리와 함께 묶었다. 그는 계단을 내려왔다. 늙은 상점 주인은 외국인 부부 한 쌍을 접대하고 있었고, 또다른 손님들은 크리스털 잔에 담긴 차를 마시고 있었다. 이른 오전 시간치고는 손님이 많은 편이었다. 그 모습을 물끄러미 지켜보던 산티아고는 처음으로 상점 주인의 머리카락이 늙은 왕의 머리카락과 비슷하다는 것을 깨달았다. 그러고 보니 탕헤르에서 잠이 깬 첫날, 갈 곳도 먹을 것도 없던 그때 만났던 과자 장수의 미소 또한 늙은 왕의 미소와 닮아 있었다.

'마치 그 늙은 왕이 이곳을 지나며 자신의 표지를 남겨놓은 것 같군.'

하지만 이 사람들이 늙은 왕을 만났을 리는 없었다. 오히려, 자아의 신화를 실현하려 노력하는 사람들을 돕기 위해서라면 언제든 나타난다고 했던 왕의 말이 진실일지 몰랐다.

그는 상점 주인에게 작별 인사를 하지 않고 가게를 나섰다. 그는 울고 싶지 않았다. 하지만 이곳에서 일한 시간들과 그 동안 배운 모든 좋은 것들은 그에게 그리움으로 남을 것이었다. 안타까움 한편으로, 처음 가져보는 강렬한 자기 확신의 느낌이 기분 좋게 몸을 감쌌다. 세상을 정복할 수도 있을 것 같았다.

'하지만 난 지금 다시 양을 치기 위해 내가 잘 알고 있는 초원으로 가고 있는 거야.'

그는 눈앞에 다가온 귀향을 새삼 되새겼다. 그런데 그 순간 자신의 결정이 더이상 기쁘지 않았다. 그는 꿈을 이루기 위해 거의 일 년을 꼬박 일했다. 그런데 꿈은 매 순간 조금씩 그 소중함을 잃어가고 있었던 것이다. 느닷없이 그 꿈이 진정 자신의 것이 아닌 것 같다는 생각이 스쳤다.

'정작 메카에는 가지도 않으면서, 가고 싶다는 갈망만으로 평생을 살아온 크리스털 가게의 주인처럼 되는 게 더 나은 일인지 누가 알겠어?'

하지만 그의 손에는 우림과 툼밈이 쥐어져 있었다. 그것들은 늙은 왕이 주었던 힘과 용기를 여전히 그에게 전해주고 있었다. 우연의 일치인지는 몰라도―어쩌면 또다른 표지일지도 모른다고 생각했지만―그의 발걸음은 탕헤르에 온 첫날 들어갔던 카페 앞에 이르러 있었다. 그때의 그 도둑은 보이지 않았다. 카페 주인이 그의 앞에 차 한 잔을 가져다놓았다.

'원한다면 언제든 양치기로 돌아갈 수 있어. 양을 돌보는 법은 이미 배웠으니, 절대 잊어버리는 일은 없겠지. 하지만 이집트의 피라미드에 갈 수 있는 기회는 두 번 다시 오지 않을 거야. 그 노인은 황금 흉패를 하고 있었고, 내 인생 전부를 알고 있었어. 그는 진정한 왕, 현명한 왕이었어.'

그가 있는 곳으로부터 안달루시아 평원까지는 배로 두 시간 거리며, 피라미드와의 사이에는 거대한 사막이 가로놓여 있었다. 문득 이렇게도 생각해볼 수 있을 것 같았다.

'어찌되었든 보물에 두 시간 거리만큼 더 가까이 와 있는 셈 아닌가. 이 두 시간 거리를 오는 데 꼬박 일 년 가까운 시간이 걸린 거야.'

그러자 기다렸다는 듯 생각이 이어졌다.

'난 내가 왜 양들에게 돌아가기를 원하는지 알아. 난 양들을 알아. 양들은 내게 많은 일을 요구하지 않고, 난 양들을 좋아하지. 사막도 좋아질지는 알 수 없지만, 그곳엔 나의 보물이 숨겨져 있어. 설사 보물을 찾지 못한다 해도 언제고 집으로 돌아갈 수는 있을 거야. 내 인생이 내게 또 한번 이렇게 충분한 돈을 주었고, 필요한 시간도 있는데, 못 할 게 뭐 있겠어?'

순간, 그는 커다란 기쁨을 느꼈다. 그는 언제든지 양치기로 돌아갈 수 있었다. 다시 크리스털 장수가 될 수도 있었다. 이 세상엔 어쩌면 다른 보물들이 더 많이 숨겨져 있을지도 몰랐다. 그리고 그는 왕을 만났었다. 그것은 모든 사람에게 일어나는 일은 아니었다.

그는 기쁜 마음으로 카페를 나왔다. 크리스털 상점에 물건을 공급하는 사람들이 사막을 건너다니는 대상들에게서 크리스털을 가져온다는 사실이 생각났다. 그의 손에는 여전히 우림과 툼밈이 쥐어져 있었다. 그 두 개의 보석 덕분에 그는 보물을 찾아가는 길로 다시 들어설 수 있게 된 것이다.

"나는 자아의 신화를 살아가는 사람 곁에 항상 있다네."

늙은 왕은 말했었다.

그는 피라미드가 정말 그렇게 먼 곳에 있는지 알아보기 위해 대상들의 창고로 향했다.

▲  ▲  ▲

영국인은 가축 냄새, 땀냄새, 먼지로 가득한 건물 안에 앉아 있었다. 창고가 아니라, 거의 가축 우리 같은 곳이었다.

'나는 이런 지저분한 장소만 지나다니는 운명인가보군. 십 년간 공부한 대가가 겨우 가축 우리라니!'

보고 있던 화학책을 건성으로 넘기면서 그는 생각했다.

하지만 그는 계속해서 앞으로 나아가야 했다. 표지를 믿을 수밖에 없었던 것이다. 그의 삶과 공부는 오직 우주의 유일한 언어를 찾는 데 바쳐져왔다.

처음에 그는 에스페란토어에 빠졌고, 그 다음엔 종교, 그리고 마지막엔 연금술에 심취했다. 덕분에 그는 에스페란토어를 자유

롭게 말할 수 있었고, 많은 종교를 거의 완벽하게 이해했다. 그러나 아직 연금술사가 되지는 못했다. 연금술에서 몇 가지 중요한 사실들을 알아내기는 했다. 그러나 연구는 어느 지점에서 더이상 앞으로 나아가지 못했다. 몇몇 연금술사들에게 물어보려 했지만, 연금술사들이란 이상한 사람들이어서, 자기 자신의 일에만 몰두할 뿐 남을 도와주는 것은 싫어했다. 어쩌면 그들이 '철학자의 돌'이라고 부르는 '위대한 업'의 비밀을 아직 발견하지 못했기 때문에 그토록 침묵으로 일관하는지도 몰랐다.

그는 부친의 유산을 거의 '철학자의 돌'을 찾는 데 쏟아부었다. 전 세계의 유수한 도서관이란 도서관은 다 찾아다녔고, 연금술에 관한 중요하고 귀한 책들을 사모았다. 그 책들 중 하나에서 그는 아주 오래 전에 유명한 아랍인 연금술사가 유럽을 방문한 적이 있다는 사실을 알게 되었다. 책에 따르면 그 연금술사는 나이가 이백 살이 넘었고, '철학자의 돌'과 '불로장생의 묘약'을 발견했다는 것이다. 영국인은 그 이야기에 깊은 감동을 받았지만 믿기 힘든 전설 정도로만 생각했다. 나중에 사막으로 고고학 탐사를 다녀온 그의 친구가 신비한 능력을 가진 어떤 아랍인에 대해 말해주기 전까지는 말이다.

"그는 파이윰의 오아시스에 산다네."

그 친구가 말했다.

"사람들 말에 따르면, 그는 나이가 이백 살이고 어떤 금속이든 금으로 바꾸어놓을 수 있다더군."

영국인은 흥분을 주체할 수 없었다. 그는 즉시 모든 약속을 취소하고 중요한 책 몇 권만 챙겨 길을 떠났다. 그리고 지금 이곳, 가축 우리 같은 창고에서 대상들이 여행 준비를 마치기를 기다리고 있는 중이었다.

사하라 사막을 횡단할 대상들은 파이윰을 거쳐갈 것이었다.

"난 반드시 그 빌어먹을 연금술사를 만나야 해."

그는 스스로에게 주문을 걸듯 되뇌었다. 그러고 나니 가축 냄새가 한결 견딜 만해졌다.

그때 짐보따리를 든 한 청년이 영국인이 있는 건물 안으로 들어와 말을 걸었다. 아랍인 같았다.

"어디까지 가십니까?"

"사막."

영국인은 짧게 대답했다. 그리고 읽고 있던 책으로 다시 눈을 돌렸다. 지금은 이야기하고 싶은 기분이 아니었다. 마음이 바빴던 것이다. 연금술사를 만나게 되면 치러야 할 일종의 시험에 대비하여 십 년 동안 공부해온 것들을 복습해야 했다.

청년도 책을 한 권 꺼내더니 그 자리에서 읽기 시작했다. 스페인어로 씌어 있는 책이었다.

'어쨌든 다행이군.'

영국인은 생각했다. 그는 아랍어보다는 스페인어에 더 자신이 있었다. 만일 이 청년도 파이윰까지 간다면, 지루함을 달래줄 좋은 말 상대가 생기는 셈이었다.

▲　▲　▲

　'정말 기가 막힐 노릇이군.'

　산티아고는 이야기가 시작되는 장례식 장면을 다시 한번 읽으
려고 애쓰며 생각했다.

　'이 책을 읽기 시작한 지가 언젠데 시작 부분에서 더이상 나아
가질 못하다니.'

　꼭 늙은 왕의 존재 때문은 아니더라도, 그는 그 책에 전혀 집중
할 수가 없었다. 그는 자신의 결정에 대해 아직도 어느 정도 의심
을 갖고 있었다. 그러나 다른 한편으로는 한 가지 중요한 사실을
깨닫고 있었다. 결정이란 단지 시작일 뿐이라는 점이었다. 어떤
사람이 한 가지 결정을 내리면 그는 세찬 물줄기 속으로 잠겨들어
서, 결심한 순간에는 꿈도 꿔보지 못한 곳으로 가게 되는 것이다.

　'보물을 찾으러 가겠다고 결심했을 때만 해도 크리스털 상점
에서 일하게 되리라고는 상상도 못 했었지. 마찬가지로 이 대상
들을 따라 사막을 건너기로 한 것도 내가 결정한 일이긴 하지만
앞으로의 여정은 아무도 알 수 없는 거야.'

　그의 앞에는 책을 읽고 있는 한 영국인이 있었다. 별로 호감이
가지 않는 사람이었다. 그는 산티아고가 들어올 때 업신여기는
듯한 눈으로 바라보았다. 서로 좋은 길동무가 될 수 있을 텐데도
영국인은 귀찮다는 듯, 그저 짧게 대꾸할 뿐이었다.

　산티아고는 책을 덮었다. 영국인과 비슷해 보일 만한 행동은

아무것도 하고 싶지 않았다. 그는 주머니에서 우림과 툼밈을 꺼내 놀기 시작했다.

그 모습을 본 영국인이 놀라서 소리쳤다.

"우림과 툼밈이군!"

산티아고는 재빠르게 우림과 툼밈을 주머니 속에 다시 집어넣었다.

"파는 게 아닙니다."

산티아고가 말했다.

"그건 그리 대단한 물건이 아냐. 그저 크리스털일 뿐이지. 이 지구상에는 수백만 개의 크리스털이 있어. 하지만 가치를 알고 있는 사람에게만 우림과 툼밈이지. 난 이쪽 세상에도 그것들이 존재하는 줄은 몰랐는데."

"왕께서 내게 선물로 주신 겁니다."

영국인은 아무 말이 없었다. 잠시 후 그는 주머니 속에 손을 넣더니, 산티아고의 것과 똑같이 생긴 보석 두 개를 꺼내 흔들어 보였다.

"왕이라고 했나?"

영국인이 물었다.

"선생은 왕이 양치기와 이야기했다는 걸 믿지 않는군요."

산티아고는 그렇다면 이 사람과의 대화를 끝내야겠다고 생각했다.

"아니, 오히려 그 반대야. 양치기들은 다른 모든 사람들이 인

정하기를 거부했던 한 왕을 처음으로 알아보고 경배를 드렸지. 그후로 왕들이 양치기들과 이야기하게 된 건 전혀 이상한 일이 아니야."

영국인은 혹시 산티아고가 이해하지 못할까봐 설명을 덧붙였다.

"성서를 보면 나오지. 성서는 또한 내게 이 우림과 툼밈을 만드는 법도 가르쳐주었어. 이 보석들은 신에게 허락받은 유일한 예지의 도구였어. 제사장들은 이것을 황금으로 만든 흉패 안에 가지고 있었지."

산티아고는 지금, 이 창고 안에 있는 것이 무척이나 기뻤다.

"아마도 이것은 하나의 표지인 것 같군."

영국인은 큰 소리로 혼잣말하듯 이야기했다.

"누가 선생에게 표지에 대해 말해주었나요?"

산티아고는 점점 더 흥미를 느꼈다.

"삶의 모든 것이 다 표지야."

그는 읽고 있던 잡지를 덮었다.

"천지만물은 그것이 창조되던 태초에는 온 세상이 알아들을 수 있었지만 지금은 잊혀져버린 어떤 언어에 의해 만들어졌지. 난 사물들 속에서 바로 이 우주의 언어를 찾는 중이야. 내가 여기 있는 이유도 바로 그 때문이고. 그 우주의 언어를 알고 있는 한 사내, 연금술사를 만나기 위해서지."

창고 책임자가 안으로 들어오면서 두 사람의 대화는 끊어졌다.

"당신들 둘은 운이 좋소. 오늘 오후에 파이윰으로 출발하는 대상이 있으니 말이오."

뚱뚱한 아랍인 창고 책임자가 말했다.

"하지만 내가 가려고 하는 곳은 이집트인데요?"

산티아고가 말했다.

"파이윰이 바로 이집트에 있소. 그러고 보니 당신은 아랍인이 아닌 것 같은데?"

창고 책임자가 산티아고에게 물었다.

산티아고는 자신은 스페인 사람이라고 대답했다. 영국인은 산티아고가 스페인인이라는 걸 확인하니 마음이 놓였다. 아랍 옷을 입고 있었지만 어쨌건 유럽인이었던 것이다.

"저 사람은 표지를 '운이 좋다' 라는 말로 표현하는군. 할 수만 있다면 아주 커다란 백과사전에다 '행운' 과 '우연의 일치' 라는 말에 대해 기록하고 싶군그래. 이 단어들은 우주의 언어로 기록해야 하는 것이라고 말이야."

살찐 아랍인 창고 책임자가 나가자 영국인이 말했다.

그는 계속 말을 이었다. 예를 들어 손에 우림과 툼밈을 들고 있는 사람을 만나는 일 같은 것은 '우연의 일치' 가 아니라고 했다. 그는 물었다.

"자네도 나처럼 연금술사를 찾아가는 길인가?"

"나는 보물을 찾으러 가는 길입니다."

산티아고는 불쑥 대답했다. 그러고는 괜한 말을 했다 싶어 이

내 후회했다.

하지만 영국인은 그의 말에 별로 개의치 않는 것 같았다.

"어떤 의미로는 나 역시 그렇다고 할 수 있지."

영국인이 말했다.

"나는 연금술이라는 게 무언지 잘 모르겠습니다만……"

산티아고가 조심스럽게 호기심 가득한 표정으로 말했다. 그때 창고 책임자가 들어와 그들을 밖으로 불러냈다.

"내가 이 대상의 인솔자요."

검은 눈에 수염을 길게 기른 남자가 말했다.

"함께 가는 모든 사람들의 생사는 내 책임이고 그에 따른 모든 권한도 내게 있소. 사막이란 변덕스러운 여인네 같아서, 때로는 사람을 미치게 하기 때문이오."

대략 이백 명쯤 되는 사람들과 낙타, 말, 노새, 가금류 등등 사백 마리가 넘는 짐승들이 모여 있었다. 여자들과 아이들, 허리에 칼을 차고 어깨에는 장총을 멘 남자들도 있었다. 영국인은 책이 가득 든 트렁크를 여러 개 갖고 있었다. 매우 어수선해서 인솔자는 모든 사람들이 알아들을 수 있도록 몇 번이고 되풀이해서 말을 해야 했다.

"여기에는 여러 종류의 사람들이 모여 있고, 여러분의 마음속에는 아주 많은 신들이 모셔져 있을 거요. 하지만 나의 유일한 신은 알라 한 분이오. 그리고 나는 사막의 길에서 승리하기 위해 최선을 다할 것을 나의 알라 신께 맹세하오. 여러분도 여러분이 믿는 신에게 앞으로 닥칠 어떤 상황에서도 내게 복종하겠다고 마음속 깊이 맹세하기를 바라오. 사막에서 불복종은 곧 죽음을 의미하니 말이오."

사람들 속에서 낮게 웅얼거리는 소리가 흘러나왔다. 모두들 작은 목소리로 자신의 신에게 맹세하는 소리였다. 산티아고는 예수 그리스도에게 맹세했다. 영국인은 그냥 조용히 있었다. 간단한 맹세를 하는 시간치고는 웅얼거림이 길었다. 다들 하늘의 보살핌까지 기원하고 있었다.

나팔 소리가 길게 울려퍼졌다. 사람들은 각자 자신들의 발이 되어줄 짐승 위에 올라탔다. 산티아고와 영국인은 낙타를 준비했는데, 둘 다 올라타는 데 애를 먹었다. 산티아고는 영국인을 태운 낙타가 불쌍해 보였다. 책으로 가득 찬 트렁크들이 낙타의 등을 내리누르고 있었다.

"우연의 일치라는 건 존재하지 않아."

영국인이 창고 안에서 하던 이야기를 계속했다.

"내 경우엔 친구 하나가 날 이곳까지 오게 만들었는데, 그는 어떤 아랍인을 알고 있었고, 그는……"

그때 대상의 무리가 출발했다. 영국인이 하는 말을 알아듣는 게 불가능해졌다. 하지만 산티아고는 그가 말하려고 하는 게 무언지 정확히 알 수 있었다. 그것은 한 가지 일이 다른 일에 연결되는 신비로운 사슬에 관한 이야기였다. 바로 그 사슬이 산티아고로 하여금 양치기가 되게 하고, 똑같은 꿈을 계속해서 꾸게 하고, 아프리카에 가까운 도시로 가게 하고, 광장에서 늙은 왕을 만나게 하고, 가진 것을 모두 털리게 하고, 크리스털 상인을 만나게 하고, 그리고……

'자신의 꿈에 가까이 다가가면 갈수록 자아의 신화는 더욱더 살아가는 진정한 이유로 다가오는 거야.'

산티아고는 이제 무언가를 조금은 알 것 같았다.

▲　▲　▲

대상은 동쪽으로 움직였다. 레반터가 불어오는 방향이었다. 아침 나절에는 길을 가고, 태양이 뜨거워지면 멈추었다가 해가 기울면 다시 이동하는 식이었다. 산티아고는 영국인과 그리 많은 이야기를 나누지는 않았다. 영국인은 대부분의 시간을 책을 읽으며 보냈다.

산티아고는 사막을 가로지르는 짐승들과 사람들의 행진을 조용히 지켜보았다. 출발하던 날과는 많이 달라져 있었다. 첫날엔 고함 소리, 아이들과 짐승들의 울음소리, 길 안내자들과 상인들의 격앙된 명령들로 혼란스럽기 이를 데 없었다.

하지만 지금 사막에는 끝없는 바람 소리와 침묵, 그리고 짐승

MOEBIUS 94

들의 발굽 소리만 들릴 뿐이었다. 안내자들도 필요할 때 외에는 극도로 말을 아꼈다.

"난 이 사막을 벌써 여러 번 건넜다오."

어느 날 밤, 한 낙타몰이꾼이 산티아고에게 말했다.

"사막은 너무나 거대하고 지평선은 너무 멀리 보여요. 사람들은 자신이 아주 미미한 존재란 걸 느끼게 된다오. 그래서 오래도록 침묵하게 되는 거요."

산티아고는 사막이 처음이었지만 낙타몰이꾼이 이야기하는 것을 이해할 수 있었다. 예전에 그 역시 바다나 불꽃을 바라볼 때면 그 광대한 알 수 없는 힘에 몰입되어 침묵 속에 잠겨 있곤 했었다.

그는 생각했다.

'난 양들에게 배웠고 크리스털에게도 배웠지. 사막으로부터도 배울 수 있을 거야. 사막에는 시간의 힘과 그로부터 솟아나는 지혜가 느껴져.'

바람은 단 한순간도 멈추는 법이 없었다. 산티아고는 타리파의 요새 위에서 맞았던 바람을 기억해냈다. 지금과 똑같은 바람이었다. 어쩌면 그 바람은 지금쯤 먹이와 물을 찾아 안달루시아 초원을 지나는 그의 양떼의 털을 부드럽게 스치며 지나가고 있을지도 몰랐다.

'이제는 더이상 내 양떼가 아니야.'

산티아고는 스스로에게 다짐하며 그리움을 참으려고 했다.

'아마 벌써 새 양치기와 친해져서 나를 잊어버렸을 거야. 그게

좋은 거지. 양들처럼 떠돌아다니는 것에 익숙한 짐승들은 언젠가는 헤어질 날이 온다는 걸 잘 아니까.'

그리고 양털 가게 주인의 딸. 그녀는 이미 결혼을 했을 것이다. 팝콘 장수와 결혼했을 수도 있고, 그처럼 글을 읽을 줄 알고 여러 가지 신기한 이야기를 들려주는 양치기와 결혼했을 수도 있었다. 결국, 반드시 그여야 했던 건 아니었다. 그는 자신의 내부에서 나온 예감으로 인해 약간의 동요를 느꼈다. 어쩌면 그는 지금 모든 사람들의 현재와 과거를 알게 하는 우주의 언어를 배우고 있는 건지도 몰랐다.

예감, 어머니가 자주 입에 올리던 말이었다. 그는 '예감'이라는 것이 삶의 보편적인 흐름 한가운데, 그러니까 세상 사람들의 모든 이야기들 속에 그럴 수밖에 없는 어떤 방식으로 펼쳐져 있는 것임을 이해하기 시작했다. 그리고 그것은 천지의 모든 일이 이미 기록되어 있기 때문이라는 것도 이해할 수 있었다.

"마크툽."

산티아고는 크리스털 가게 주인을 회상하며 중얼거렸다.


사막의 어떤 곳은 모래로 덮여 있고, 또 어떤 곳은 돌로 이루어져 있었다. 모랫길을 가다가 돌이 있는 곳에 다다르면 피해서 돌아가야 했다. 어쩌다 큰 바위라도 만나게 되면 아주 멀리 돌아가기도 했다.

모래가 너무 고와서 낙타들의 발굽이 빠지면 모래가 굵은 곳을 골라 지나가야 했다.

이따금은 땅에 소금이 덮여 있었다. 예전에 호수였던 곳이었다. 짐승들이 주저앉아 움직이지 않으면 낙타몰이꾼들이 와서 끌어당겼다. 그래도 말을 듣지 않으면 그들은 짐을 내려 자신의 등에 짊어지고 얼마 동안 험한 길을 걷다가 다시 짐승들의 등에 옮겨 실었다. 안내자들 중 병에 걸리거나 죽는 사람이 나오면 낙타몰이꾼들이 새 안내자를 선출하기 위해 제비를 뽑았다.

몇 번을 다른 길로 돌아갔어도 별 문제가 되지 않았다. 그들은 언제나 일정한 방향을 향해 가고 있었기 때문이었다. 그들은 일단 장애물을 극복한 후엔 다시 오아시스의 위치를 가리키는 별자리를 향해 나아갔다. 이른 아침에 하늘에서 그 별자리가 빛나는 것을 보게 되면 사람들은 알았다. 이제 여자들과 물과 야자수들과 종려나무가 있는 곳에 도착하게 되리라는 것을. 거의 책만 들여다보고 있던 영국인만이 알아차리지 못했을 뿐이었다.

산티아고에게도 길을 떠나던 날부터 읽으려 했던 책이 한 권 있었다. 그러나 대상 행렬을 바라보거나 바람 소리를 듣는 것이 훨씬 더 재미있었다. 그는 자신의 낙타를 더 잘 알고 싶었고, 낙타와 친해지기 시작하자 책을 던져버렸다.

책을 펼칠 때면 언제나 무언가 중요한 것을 만나게 되는 건 그에게는 하나의 미신과도 같은 것이었지만, 책은 이젠 그에게 그저 무게만 나가는 쓸모없는 물건이었다.

그는 그의 곁에서 함께 여행하는 낙타몰이꾼과 친구가 되었다. 밤이 되어 사람들이 모닥불 주위에 모여 있을 때면, 두 사람은 지난날 자신들의 모험에 대해 이야기하곤 했다. 그때는 산티아고도 양치기로 돌아가 즐겁게 과거를 떠올렸다.

어느 날 밤, 낙타몰이꾼이 먼저 이야기를 시작했다.

"나는 엘 카이룸 근처에 살았소. 내 소유의 밭, 그리고 자식들과 함께 죽는 날까지 변치 않고 살 줄 알았지. 풍년이 든 어느 해 우리는 모두 메카 순례에 나서기로 했소. 그것은 내게 남은 단 하나의 의무였다오. 그 일만 완수하고 나면 맘 편하게 눈을 감을 수 있을 것 같았고, 그 생각은 내게 말할 수 없는 기쁨이었소. 그러던 어느 날이었지. 갑자기 땅이 흔들리기 시작하더니 나일 강이 범람하지 않겠소. 다른 사람들에게나 일어나는 일인 줄 알고 있었던 일이 바로 내게 일어난 거요. 이웃 사람들은 홍수에 올리브 나무를 잃게 될까 두려워했고, 내 아내는 자식들이 물살에 떠내려갈까 정신이 없었소. 그리고 나는 내가 이룬 모든 것들이 물살에 파괴되는 것을 보고 놀라 몸을 떨었소."

그의 이야기는 계속되었다.

"어찌할 도리가 없었소. 땅으로부터 얻어낼 수 있는 건 모두 사라졌고, 나는 무엇이든 다른 생존 수단을 찾아야 했다오. 그래서 낙타몰이꾼이 된 거지. 하지만 나는 그 일을 통해 알라의 가르침을 이해할 수 있었소. 누구나 자기가 원하거나 필요로 하는 것을 이룰 수 있다면 미지의 것을 두려워할 필요가 없다는 사실을."

낙타몰이꾼은 결론을 내렸다.

"우리 인간들이 두려워하는 것은 목숨이나 농사일처럼 우리가 현재 갖고 있는 것들을 잃는 일이오. 하지만 이러한 두려움은, 우리의 삶과 세상의 역사가 다같이 신의 커다란 손에 의해 기록되어 있다는 것을 이해하고 나면 단숨에 사라지는 거라오."

▲ ▲ ▲

대상들은 때때로 야영지에서 서로 마주치기도 했다. 그럴 때면 정말 모든 일이 오직 하나뿐인 신의 섭리에 따라 정해져 있는 것처럼, 어느 한쪽에서 필요로 하는 물건은 반드시 다른쪽 대상의 무리 중 누군가가 가지고 있었다. 낙타몰이꾼들은 모래폭풍에 대한 정보를 주고받기도 하고, 모닥불 주위에 모여앉아 사막에서 일어난 이야기를 나누기도 했다.

어떤 때는 베일로 얼굴을 가린 정체 모를 사람들이 나타나기도 했다. 대상의 행로를 줄곧 지켜보고 있던 그들은 사막에 사는 베두인 족이었다. 그들은 강도떼와 야만족에 대한 정보를 흘려주었다. 두 눈만 내놓고 검은색 젤라바*로 온몸을 휘감은 그들은 그렇게 소리없이 접근했다가 말없이 가버렸다.

어느 날 밤, 낙타몰이꾼이 산티아고와 영국인이 앉아 있는 모닥불 가로 다가왔다.

---

* 북아프리카인들이 입는, 두건과 긴 소매가 달린 외투.

"부족간에 전투가 벌어졌다는 소문이 있소."

낙타몰이꾼이 말했다.

세 남자는 말없이 앉아 있었다. 아무도 입을 열지 않았지만, 산티아고는 주위가 희미한 공포의 기운에 휩싸여 있는 것을 느꼈다. 그는 다시 한번 무언의 언어, '우주의 언어'를 몸소 체험하고 있었다.

침묵의 시간이 흐른 뒤, 영국인이 위험하겠느냐고 물었다.

"한번 사막에 발을 들여놓은 사람은 다시는 돌아나갈 수 없지요. 되돌아가지 못할 바에는 앞으로 계속 나아가는 최선의 방법만 생각해야 합니다. 나머지는 모두 알라의 손에 달려 있어요. 위험까지도 포함해서 말이오."

낙타몰이꾼은 이렇게 말하고는 신비로운 한마디로 말을 맺었다.

"마크툽!"

낙타몰이꾼이 자리를 뜨자, 산티아고가 입을 열었다.

"선생은 대상의 행렬을 좀더 눈여겨보셔야 할 것 같군요. 행렬은 비록 수없이 길을 돌아가긴 하지만 언제나 한곳을 향해 가니까요."

"자네야말로 책을 더 많이 읽도록 하게. 그 점에서라면 책과 대상의 행로는 똑같은 것이니 말이야."

영국인은 단호하게 대꾸했다.

사람들과 짐승들의 기다란 행렬이 걸음을 재촉하기 시작했다. 낮에는 늘 무거운 침묵뿐이었다. 그러나 이젠 밤도 마찬가지였다. 이야기를 나누려고 모닥불 가로 모여들던 저녁 시간에도 서서히 침묵이 자리를 잡아갔다. 인솔자는 주변의 눈길을 끌지 않도록 밤에도 모닥불을 피우지 않기로 결정했다.

사람들은 한밤의 추위를 피하기 위해, 짐승들을 주위에 둥그렇게 둘러세우고 그 가운데 모여 함께 잠들었다. 인솔자는 야영지 주변에 무장한 초병들을 세워두었다.

그러던 어느 날 밤, 잠을 이루지 못하고 깨어 있던 영국인이 산티아고를 찾아왔다. 두 사람은 야영지 근처의 모래언덕을 함께 걸었다. 보름달이 떠 있었다. 산티아고는 언덕을 거닐면서 자신의 지난 이야기를 영국인에게 들려주었다.

영국인은 청년이 크리스털 가게에서 일하게 된 후로 그 가게가 하루가 다르게 번창하기 시작했다는 얘기에 특히 깊은 인상을 받은 듯했다.

"그것이 바로 만물을 움직이는 원리야. 연금술에서는 그것을 '만물의 정기'라고 부르지. 사람은 무언가를 진심으로 바랄 때 만물의 정기에 가까워지는 거야. 그것이야말로 궁극의 힘이지."

영국인은 그 정기가 인간에게만 주어지는 특권이 아니라는 말도 덧붙였다. 지구상에 존재하는 모든 것은 광물이든 식물이든 동물이든 아니면 그저 단순한 생각이든 모두 정기를 지니고 있다고 했다.

"지구에 있는 모든 것은 끊임없이 변화하고 있지. 이 지구는 살아 있는 존재니까. 정기를 가진 땅덩어리란 얘기야. 우리는 그 정기의 일부분이고. 아주 가끔은 우리도 그 정기가 우리에게 작용하고 있음을 느끼곤 하지. 그런데 정말 중요한 것은, 자네가 그 크리스털 가게에서 일하는 동안 크리스털 그릇들 역시 자네의 성공을 위해 애를 썼을 거라는 거야."

산티아고는 달과 흰 모래사막을 바라보며 얼마 동안 아무 말이 없었다. 그러다가 마침내 입을 열었다.

"난 대상 행렬이 사막을 건너는 것을 쭉 지켜봤어요. 대상 행렬과 사막은 같은 언어로 이야기해요. 바로 그렇기 때문에 사막은 대상 행렬이 자신을 건너갈 수 있도록 허락하는 것이겠지요. 사막은 대상 행렬이 자신과 완벽한 조화를 이루는지 확인하기 위해 지나는 곳마다 끊임없이 시험을 해요. 만일 완벽한 조화를 이룬다면 대상 행렬은 오아시스가 있는 곳까지 가게 되겠지요. 우리들 중 누군가가 아주 대단한 용기를 가지고 있다 해도 이러한 사막의 언어를 이해하지 못한다면 여행은 시시각각 엄청난 고난의 연속일 거예요."

두 사람은 달빛을 바라보며 이야기를 계속했다. 산티아고가 다시 말을 이었다.

"그것은 신비로운 신호지요. 나는 우리의 안내자들이 사막의 신호를 어떻게 읽어내고, 또 대상 행렬의 정기와 사막의 정기가 어떻게 대화를 나누는지 지켜보았어요."

말없이 있던 영국인이 입을 뗐다.

"이제부터는 나도 행렬을 좀더 주의깊게 지켜봐야겠군."

그러자 산티아고가 대꾸했다.

"나는 선생이 갖고 있는 책들을 읽어야겠어요."

▲　▲　▲

아주 기이한 책들이었다. 수은과 소금, 용과 왕에 대해 말하고 있었지만 산티아고는 아무것도 이해할 수 없었다. 하지만 한가지, 거의 모든 책들이 한결같은 결론에 이르고 있다는 것은 어렴풋이 읽어낼 수 있었다. 세상의 만물은 서로 다르게 표현되어있지만 실은 오직 하나에 대해 말하고 있다는 사실이었다.

그중 한 책에서, 그는 연금술에 관한 가장 중요한 텍스트가 단몇 줄의 글귀로 이루어져 있으며, 그것도 에메랄드 하나에 새겨져 있다는 사실을 발견했다.

"그게 바로 '에메랄드 판(板)'이라는 거지."

청년에게 뭔가를 가르쳐줄 수 있다는 사실에 기분이 으쓱해진영국인이 말했다.

"그럼 어째서 이 많은 책들이 필요한 거죠?"

"바로 그 몇 줄을 이해하기 위해서지."

영국인이 대답했다. 그러나 자기 대답에 확신이 없는 눈치였다.

산티아고가 가장 흥미를 느낀 책은 유명한 연금술사들의 이야기가 담긴 것이었다. 그들은 실험실에서 금속을 정제하는 데 전 생애를 바친 사람들이었다. 연금술사들은 어떤 금속을 아주 오랜 세월 동안 가열하면 그 금속 특유의 물질적 특성은 전부 발산되어버리고 그 자리에는 오직 만물의 정기만이 남게 될 거라고 믿었다. 그들은 이 최종 물질이 모든 사물들의 의사소통을 가능하게 해주는 언어이므로, 이 물질을 통해 지상에 존재하는 모든 것들을 이해할 수 있으리라 믿었다. 그들은 이렇게 해서 발견한 물질을 '위대한 업'이라고 불렀다. 그것은 액체와 고체, 두 부분으로 이루어져 있었다.

"그 언어를 발견하는 데는 사람들과 표지들을 관찰하는 걸로 충분한 것 아닌가요?"

산티아고의 물음에 영국인이 짜증을 내며 말했다.

"자네는 모든 것을 너무 단순하게만 생각하려는 이상한 버릇이 있군. 연금술이란 한치의 오차도 있어서는 안 되는 고도의 작업이란 말이야. 스승이 가르쳐준 대로, 실험의 각 단계를 정확히 따라야만 하지."

산티아고는 '위대한 업'의 액체로 된 부분은 '불로장생의 묘약'이라 불리며, 만병을 치유할 뿐만 아니라 연금술사가 늙지 않게도 해준다는 것을 알게 되었다. 또한 고체로 된 부분은 '철학자의 돌'이라 불린다는 사실도 배웠다.

"'철학자의 돌'을 발견하기란 결코 쉬운 일이 아니야. 연금술사들은 금속을 정제하는 불꽃을 바라보면서 몇 년을 실험실에 틀어박혀 있어야 했어. 불꽃을 바라보는 동안 그들의 머릿속에서는 세상의 모든 헛된 잡념들이 조금씩 사라졌지. 그러고는 금속을 정제하면서 결국 그들 자신이 정화되었다는 것을, 어느 날 문득 깨달은 것이지."

영국인이 말했다.

산티아고는 크리스털 가게 주인이 했던 말이 떠올랐다. 그 주인은 크리스털 그릇을 깨끗하게 닦는 것은 좋은 일이라고 했다. 아닌 게 아니라 산티아고는 그릇을 닦으며 머릿속에서 온갖 잡념을 몰아낼 수 있었다. 그것은 불꽃을 바라보는 일과 다르지 않을지도 몰랐다. 그는 일상생활에서도 연금술을 배울 수 있으리라는 생각에 점차 확신을 갖게 되었다.

영국인은 덧붙였다.

"게다가 '철학자의 돌'에는 아주 신비한 능력이 있어. 아주 작은 조각 하나만으로도 상당한 분량의 금속을 금으로 변하게 할 수 있지."

이 말을 듣고 나자 산티아고는 연금술에 푹 빠지게 될 것 같은 예감이 들었다. 자신도 조금만 인내하면 모든 사물을 금으로 변화시킬 수 있을 것 같았다. 그가 읽은 책에는 마침내 성공한 많은 연금술사들, 이를테면 엘베티우스, 엘리아스, 훌카넬리, 제베르 같은 이들의 삶이 씌어 있었다. 그들의 삶은 참으로 매혹적이었다. 그들은 모두 '자아의 신화'를 끝까지 살아낸 사람들이었다.

떠돌아다니다가 현자들을 만났고, 기적을 믿지 않는 사람들 앞에서 기적을 행했고, 마침내는 '철학자의 돌'과 '불로장생의 묘약'을 찾아낸 사람들이었다.

그러나 정작 '위대한 업'에 이르는 길을 제대로 배워보려는 그의 앞에 놓인 것은 완벽한 미로였다. 도무지 아무것도 알아낼 수가 없었다. 책에는 온통 그림과 암호화된 가르침, 뜻을 알 수 없는 글귀들뿐이었다.


"왜 그토록 이해하기 어렵게 씌어 있는 걸까요?"

어느 날 밤, 산티아고는 영국인에게 물었다.

그러고 보니, 빨리 자기 책들을 돌려받았으면 한다는 걸 성마른 영국인의 표정에서 읽을 수 있었다.

"그건 자기가 아는 것에 책임을 질 줄 아는 사람들만이 이해할수 있게 하기 위해서지. 세상 모든 사람이 납으로 금을 만든다고상상해봐. 그리 되면 금은 금세 제 가치를 잃게 될 거야. 참을 줄아는 사람만이, 끈기 있게 연구한 사람만이 '위대한 업'을 이룰수 있지. 그게 바로 내가 이 사막 한가운데 있는 이유이기도 하고. 정확히 말하면, 암호를 풀 수 있게 도와줄 진정한 연금술사를만나기 위해서야."

"이 책들은 언제 씌어진 거죠?"

"여러 세기 전이지."

영국인의 대답에 청년이 따지듯 말했다.

"그렇다면 아직 인쇄술도 발명되지 않았을 때잖아요. 보통 사람은 정말 연금술에 대해선 접근할 방법이 없었겠어요. 왜 그렇게 온통 이상한 말들과 그림투성이 책을 썼을까요?"

영국인은 즉답을 피했다. 그는 지난 며칠 동안 대상의 움직임을 주의깊게 지켜보았지만 아무것도 새로 알아낸 게 없다며 어깨를 으쓱해 보였다. 알아낸 게 있다면 단 하나, 전쟁 소식이 점점 더 빈번하게 들려오고 있다는 사실뿐이었다.

▲　▲　▲

얼마 뒤, 산티아고는 영국인에게 책들을 돌려주었다.
"그래, 많이 배웠나?"

영국인이 호기심 어린 표정으로 물었다. 그러잖아도 그는 전쟁의 두려움을 잊기 위해 아무라도 붙잡고 이야기를 나누고 싶던 참이었다.

"이 세계에는 어떤 정기가 흐르고 있다는 것, 그리고 그 정기를 이해할 수 있는 사람은 사물의 언어도 이해할 수 있다는 걸 배웠어요. 숱한 연금술사들이 자아의 신화를 살아냈고 끝내는 '만물의 정기'와 '철학자의 돌'과 '불로장생의 묘약'을 발견해냈더군요. 하지만 무엇보다도 중요한 건, 이 모든 것이 에메랄드 판 하나에 새길 수 있을 만큼 아주 간단한 진리라는 사실이에요."

영국인은 실망했다. 연구에 바쳐진 오랜 세월, 마술 같은 상징들, 난해한 용어들, 실험 도구들, 그 어느 것에도 청년은 감동을 느끼지 않았던 것이다.

'이 친구는 그러한 것들을 이해하기엔 아직 너무도 단순한 단계야.'

영국인은 자기 책들을 낙타 등에 실은 트렁크 속에 넣었다.

"자네는 이만 돌아가서 대상 행렬이나 지켜봐. 나로선 아무리 지켜봐도 소득이 없는 일이었지만."

산티아고는 침묵에 잠긴 광대한 사막과 짐승들의 발굽에서 피어오르는 모래먼지를 다시 지켜보기 시작했다. 그는 마음속으로 되뇌었다.

'사람들은 저마다 자기 방식으로 배우는 거야. 저 사람의 방식과 내 방식이 같을 수는 없어. 하지만 우리는 제각기 자아의 신화를 찾아가는 길이고, 그게 바로 내가 그를 존경하는 이유지.'

▲ ▲ ▲

그 무렵부터 대상 행렬은 밤낮없이 이동하기 시작했다. 베일로 얼굴을 가린 베두인 족이 아무 때고 불쑥 모습을 드러냈고, 이제 산티아고와는 서슴없는 사이가 된 낙타몰이꾼은 부족간에 전투가 시작되었다고 알려주었다. 이런 상황에서 오아시스에 다다르려면 운이 따라야만 했다.

짐승들은 모두 지쳐 있었고, 사람들은 점점 더 말을 잃어갔다.

밤이 되면 침묵은 사람들을 더 깊은 두려움에 빠뜨렸다. 그럴 때 느닷없이 낙타가 울기라도 하면—전에도 낙타는 울었을 테지만—사람들은 걷잡을 수 없는 공포에 사로잡혔다. 금방이라도 누군가 공격해올 것 같았다.

하지만 낙타몰이꾼은 전쟁의 공포 따위는 거의 느끼지 않는 것처럼 보였다.

"난 아직 살아 있어."

모닥불도 없고 달도 뜨지 않은 밤, 야자열매 한 움큼을 입에 넣으며 낙타몰이꾼이 산티아고에게 말했다.

"난 음식을 먹는 동안엔 먹는 일 말고는 아무것도 하지 않소. 걸어야 할 땐 걷는 것, 그게 다지. 만일 내가 싸워야 하는 날이 온다면, 그게 언제가 됐든 남들처럼 싸우다 미련 없이 죽을 거요. 난 지금 과거를 사는 것도 미래를 사는 것도 아니니까. 내겐 오직 현재만이 있고, 현재만이 내 유일한 관심거리요. 만약 당신이 영원히 현재에 머무를 수만 있다면 당신은 진정 행복한 사람일 게요. 그럼 당신은 사막에도 생명이 존재하며 하늘에는 무수한 별들이 있다는 사실을, 전사들이 전투를 벌이는 것은 그 전투 속에 바로 인간의 생명과 연관된 그 무엇이 있기 때문이라는 사실을 깨닫게 될 거요. 생명은 성대한 잔치며 크나큰 축제요. 생명은 우리가 살고 있는 오직 이 순간에만 영원하기 때문이오."

이틀 후, 막 잠자리에 들려던 산티아고는 행렬의 길잡이가 되어주고 있는 별 쪽을 바라보았다. 사막 위로 반짝이는 수백 개의 별들 때문에, 지평선이 조금 더 낮아진 듯 보였다.

"저기가 오아시스요."

낙타몰이꾼이 별 있는 쪽을 가리키며 그에게 말했다.

"그런데 어째서 우리는 지금 당장 저곳으로 가지 않는 거죠?"

"지금은 잘 시간이니까."

▲ ▲ ▲

해가 지평선 위로 막 솟아오를 무렵, 산티아고는 눈을 떴다. 밤새 작은 별들이 총총히 밤을 밝히던 바로 그곳에, 야자나무 숲이 사막을 온통 뒤덮은 채 끝도 없이 펼쳐져 있었다.

"드디어 도착했어!"

영국인이 외쳤다. 그 역시 막 잠에서 깨어난 참이었다.

하지만 산티아고는 아무 말이 없었다. 그는 이미 사막의 침묵을 배웠고, 눈앞에 펼쳐진 야자나무 숲을 바라보는 것만으로도 족했다. 피라미드까지는 아직 갈 길이 멀었고, 언젠가는 이날 아침의 풍경도 그에게는 한낱 추억으로 남을 터였다. 하지만 지금이 바로 현재의 순간이고, 낙타몰이꾼이 말한 잔치의 순간이기도 했다. 그는 과거의 교훈이나 미래의 꿈을 살아내는 것처럼 지금 이 순간, 최선을 다해 살고 싶었다. 수천 그루의 야자나무가 늘어선 이 광경 또한 언젠가는 추억의 자리로만 남을 터였다. 그러나 이 순간, 그에게 이 광경은 그늘이요 물이요, 전쟁으로부터의 피난처였다. 마찬가지로 낙타의 울음은 위험을 알리는 신호가 될 수도 있었고, 야자나무 숲은 기적을 의미할 수도 있었다.

그는 생각했다.

'세상은 참으로 많은 언어로 이야기를 하는군.'

▲　▲　▲

'시간이 그 운행을 빨리 하면 사람들의 행렬 또한 걸음을 재촉해야 하는 법이지.'

수백 명의 사람들과 짐승들의 행렬이 오아시스 쪽으로 줄지어오는 것을 바라보며, 연금술사는 생각에 잠겼다. 원주민들은 새로 도착한 사람들에게 소리를 질러대며 우르르 몰려갔고, 부옇게 인 모래먼지가 사막의 태양을 가려버렸다. 어린아이들은 낯선 이방인들을 보고 흥분해서는 이리저리 팔짝팔짝 뛰어다니고 있었다. 그 북새통 가운데서도 한데 모여 서 있는 부족장들의 모습이 연금술사의 눈에 들어왔다. 그들은 대상 행렬의 인솔자를 맞이하기에 앞서 저들끼리 한참 동안 밀담을 나누고 있었다.

하지만 연금술사는 그 어떤 것도 전혀 흥미롭지 않았다. 사막과 오아시스는 언제나 변함없이 그 자리를 지키고 있는데, 인간들만이 그곳에 왔다가 가뭇없이 떠나버리는 것을 수없이 보아온 터였다. 왕들도 왔고 거지들도 찾아왔다. 그들의 발밑에서 모래

사막은 바람이 불 때마다 쉴새없이 모습을 바꾸었지만, 오직 연금술사에게만은 어린 시절에 보았던 사막의 모습 그대로였다. 그렇기에 모든 여행자들이 눈앞에 황톳빛 사막과 쪽빛 하늘, 푸른 야자나무 숲을 마주하고 느끼는 기쁨은 그에게 일상일 뿐이었다.

'신은 아마도 인간이 야자나무 숲을 보고 기뻐히게 할 요량으로 사막을 만드셨으리라.'

그렇게 생각하며 연금술사는 좀더 실질적인 질문에 집중하기로 마음먹었다. 그는 방금 도착한 대상 행렬 속에 자신의 비밀 몇 가지를 가르쳐주어야 할 사람이 있다는 것을 알고 있었다. 표지가 그렇게 말하고 있었다. 아직은 그 사람이 누군지 모르지만 그의 노련한 눈은 단번에 그를 알아볼 터였다. 그는 그이가 예전 제자처럼 유능한 사람이기를 바라고 있었다.

'어째서 이러한 비밀을 꼭 말로 전하게 되었는지 모르겠군.'

게다가 그것들은 이미 비밀이 아니었다. 신은 모든 창조물에게 자신의 비밀을 알기 쉽게 계시해놓았던 것이다.

신은 이에 대해 한 가지 설명만을 하고 있었다.

'만물은 순수한 생명으로부터 비롯되었으며, 그 생명은 그림이나 말로는 포착하기 어려우니 반드시 계시를 통해 전해져야 한다.'

그렇지 않으면 사람들은 그림과 말의 매혹에 끊임없이 탐닉하다, 결국 만물의 언어를 잊어버리기 때문이다.

　새로 도착한 대상 행렬은 곧장 알 파이윰의 부족장들 앞으로 안내되었다. 산티아고는 눈앞에 펼쳐진 광경이 좀처럼 믿어지지 않았다. 그가 생각하던 오아시스는―그가 읽은 이야기책에 따르면―종려나무들에 둘러싸인 작은 연못이었는데, 지금 그가 실제로 보고 있는 오아시스는 스페인의 여느 마을들보다도 훨씬 컸다. 그곳에는 삼백여 개의 우물과 오만여 그루의 야자나무가 있고, 종려나무 숲 한가운데에는 알록달록한 천막들이 흩뿌려진 듯 점점이 박혀 있었다.

　"아라비안 나이트를 보는 것 같군."

　이제 곧 연금술사를 만나리라는 생각에 가슴 졸이며 영국인이 말했다.

　대상 행렬은 금세 아이들에게 둘러싸였다. 아이들은 말과 낙타, 새로 도착한 사람들을 호기심 어린 눈으로 쳐다보고 있었다. 부락의 남자들은 대상이 오는 길에 혹시 전투의 조짐이 있었는지 궁금해했고, 여자들은 상인들이 가져온 보석과 옷감들을 서로 보겠다고 다투었다. 사막의 고요함은 이제 아득히 멀어진 꿈 같았다. 사람들은 쉴새없이 떠들고, 웃고, 목청이 터져라 소리쳐댔다. 마치 영혼의 세계를 떠돌다 다시 인간 세상으로 돌아온 듯했다. 모두가 한껏 마음을 풀고 즐거워했다.

　사막에서는 늘 경계를 늦춰서는 안 되는 줄 알고 있던 산티아고는 낙타몰이꾼의 설명을 듣고는 마음을 놓을 수 있었다. 사막의 오아시스는 거주자 대부분이 여자와 아이들이기 때문에 언제나 중립 지대로 간주된다는 것이었다. 오아시스가 도처에 있는 까닭에, 병사들은 사막의 모래 한복판에서 전투를 벌였고 오아시스는 평화롭게 남겨두고 있었다.

무슨 문제가 생겼는지 대상의 인솔자는 일행을 모두 불러모았다. 부족간의 전쟁이 끝날 때까지 그곳에 머물게 되었다는 얘기였다. 손님으로 있는 동안, 대상 일행은 오아시스 주민들과 함께 어울려 지내야 하고, 주민들은 손님들에게 가장 좋은 거처를 마련해주어야 했다. 그것은 전통적인 접대의 계율이었다. 인솔자는 자신의 보초들은 물론이고 모든 일행들에게, 부족장들이 지목한 사람들에게 무기를 넘겨주라고 명령했다.

"이것이 전쟁의 규칙이오. 오아시스는 전사들의 피난처로 이용될 수 없소."

인솔자가 설명했다.

영국인이 상의에서 크롬 권총을 꺼내어, 무기 취합 담당자에게 건네는 것을 보고 청년은 몹시 놀랐다.

"권총은 왜 가져오셨어요?"

"이것 덕분에 사람들을 신뢰할 수 있었지."

영국인이 대답했다. 그는 자신이 추구하던 일을 마침내 이룰 수 있으리라는 생각에 행복했다.

산티아고는 자신의 보물을 생각했다. 그가 자신의 꿈에 가까이 다가갈수록, 어려움은 점점 더 커지고 있었다. 늙은 왕이 '초심자의 행운'이라고 불렀던 것도 더이상 힘을 발휘하지 못했다. 그는 알고 있었다. 이제 그를 기다리고 있는 것은, 자아의 신화를 추구하는 사람의 끈기와 용기를 시험하는 시련뿐이라는 것을. 그 때문에 그는 서두를 수도, 초조해할 수도 없었다. 만일 그렇게 된다면 신이 그의 앞길에 준비해놓은 표지들을 못 보고 지나칠 수도 있었다.

'내가 가는 길에 표지를 남겨놓으신 분은 신이 틀림없어.'

그는 자신의 생각에 스스로도 놀랐다. 이제껏 그는 표지들이 이 세상에 속하는 그 무엇일 거라고 생각해왔다. 먹거나 자는 것, 사랑을 찾아 떠나거나, 일거리를 찾아나서는 것과 같은 그 어떤 것일 거라고. 그 표지들이 그가 해야 할 일을 보여주기 위해 신이 사용하는 언어일 거라고는 결코 생각해본 적이 없었다.

'초조해하지 말자.'

그는 속으로 되뇌며 다시 한번 다짐했다.

'낙타몰이꾼이 얘기한 대로, 먹을 때는 먹기만 하는 거야. 그리고 길을 떠나야 할 때는 떠나는 거고.'


첫날은 모두가 피곤에 지쳐 곯아떨어졌다. 영국인도 마찬가지였다. 산티아고는 멀리 떨어져 있는 천막을 배당받았다. 자기 또래의 젊은이 다섯 명과 함께였다. 그들은 모두 사막의 청년들로, 산티아고가 살던 대도시의 이야기를 듣고 싶어했다.

다음날, 그가 양치기 시절의 이야기를 끝내고 크리스털 가게 이야기로 넘어가려는데, 영국인이 천막 안으로 들어섰다.

"아침 내내 자네를 찾아다녔네."

산티아고를 밖으로 불러내며 영국인이 말했다.

"그 연금술사가 어디에 사는지 같이 좀 찾아주면 좋겠는데."

둘은 처음에는 각자 따로 연금술사를 찾아다녔다. 연금술사라면 틀림없이 오아시스 사람들과는 다른 모습으로 살 것이고, 그의 천막에는 늘 불꽃이 타오르는 고로(高爐)가 있어 쉽게 찾을 수 있을 것만 같았다. 그러나 온종일 연금술사를 찾아 헤맨 후에야, 그들은 오아시스가 상상했던 것보다 훨씬 광대해서 천막만 해도 수백 개가 넘는다는 것을 깨닫게 되었다.

"하루를 몽땅 허비해버렸군."

영국인이 산티아고와 함께 오아시스의 우물 근처에 주저앉으며 말했다.

"차라리 사람들에게 물어보는 게 낫겠어요."

산티아고가 말했다.

영국인은 자신의 존재를 남들 앞에 드러내고 싶지 않았던 터라 한참을 망설였다. 그러나 결국 달리 방법이 없다는 걸 깨닫고, 산티아고에게 부탁했다.

"나보다 아랍어를 더 잘하는 자네가 대신 좀 물어봐주게."

산티아고는 마침 우물가로 나와 양가죽 부대에 물을 길어 담고 있던 한 여인에게 다가갔다.

"저 실례합니다. 부인. 연금술사가 이 오아시스 어디쯤에 살고 있는지 알고 싶습니다."

그 여인은 연금술사 얘기는 한 번도 들어본 적이 없다면서, 곧바로 물 부대를 이고 가버렸다. 자리를 뜨기 전에 그녀는 검은 옷을 입은 여자들은 결혼한 몸이기 때문에 말을 걸어서는 안 된다고 슬쩍 일러주었다. 어느 곳이든 전통은 존중해야 했다.

영국인은 몹시 실망했다. 오랜 여정이 허무하게 끝나버린 듯했다. 산티아고도 우울하긴 마찬가지였다. 자아의 신화를 찾아 헤매던 친구의 실패를 지켜봐야만 했기 때문이었다. 누군가 자아의 신화를 찾으려 하면, 우주만물이 그를 도와준다고 늙은 왕은 말했었다. 늙은 왕이 틀린 말을 했을 리는 없었다.

"여기 와서 연금술사 얘기는 들어본 적이 없어요. 아마 이곳에는 없는 모양이에요."

산티아고가 말했다.

그때 영국인의 눈에서 빛이 반짝했다.

"바로 그거야! 어쩌면 이곳 사람들은 연금술사가 무슨 말인지 모르고 있는 건지도 몰라! 차라리 마을 사람들의 병을 고쳐주는 이가 어디 사느냐고 물어봐줘."

검은 옷을 입은 여인들 몇 명이 계속해서 우물가로 물을 길러 나왔고, 영국인은 청년이 머뭇거리고 있자 애가 타는지 연신 재촉했다. 한참이 지나서야 한 사내가 우물가로 다가왔다.

"마을 사람들의 병을 고쳐주는 분을 알고 계십니까?"

산티아고가 물었다.

"모든 병을 고쳐주시는 분은 알라 신이시지요."

이방인을 경계하는 표정을 역력히 드러내며 남자가 대답했다.

"당신들은 마법사를 찾는 모양이구려!"

그는 코란의 몇 구절을 읊조리더니, 제 갈길로 가버렸다.

또다른 남자가 나타났다. 앞서 만난 사내보다 더 나이든 사람이었다. 작은 물동이 하나만을 들고 있었다. 산티아고는 같은 질문을 되풀이했다.

"댁들은 무엇 때문에 그런 사람을 찾는 거요?"

노인이 되물었다.

"여기 있는 제 친구는 연금술사를 만나려고 수개월 동안 여행을 했습니다."

산티아고가 말했다.

노인은 잠시 생각에 잠겼다가 입을 열었다.

"만일 이곳 오아시스에 그런 사람이 있다면, 그는 굉장한 힘을 가지고 있을 거요. 아무리 부족장들이라고 해도 아무 때고 그를 만날 수는 없을 거요. 오직 그가 원할 때여야겠지. 당신네들은 전쟁이 끝나기를 기다렸다가 대상과 함께 여길 떠나는 게 좋겠소. 오아시스 사람들의 삶에는 끼어들려고 하지 마시오."

노인은 자리를 뜨면서 말을 맺었다.

영국인은 기뻐서 어쩔 줄을 몰랐다. 길을 제대로 찾아왔던 것이다.

그때 한 처녀가 나타났다. 검은 옷 차림이 아니었다. 처녀는 어깨에 물항아리를 지고, 얼굴만 내놓은 채 머리를 베일로 감싸고 있었다. 산티아고는 연금술사에 대해 물어보려고 처녀에게 다가갔다.

순간, 시간은 멈춘 듯했고, 만물의 정기가 산티아고의 내부에서 끓어올라 소용돌이치는 듯했다.

그녀의 검은 눈동자와 침묵해야 할지 미소지어야 할지 몰라 망설이는 그녀의 입술을 보는 순간, 그는 지상의 모든 존재들이 마음으로 들을 수 있는 '만물의 언어'의 가장 본질적이고 가장 난해한 부분과 맞닥뜨렸음을 깨달았다. 그것은 사랑이었다. 인간보다 오래되고, 사막보다도 오래된 것. 우물가에서 두 사람의 눈길이 마주친 것처럼, 두 눈빛이 우연히 마주치는 모든 곳에서 언제나 똑같은 힘으로 되살아나는 것, 사랑이었다. 마침내 그녀의 입가에 미소가 어렸다. 그것은 표지였다. 정체도 모르는 채 오랜 세월 기다려온, 책 속에서, 양들 곁에서, 크리스털 가게와 사막의 침묵 속에서 찾아 헤매던 바로 그 표지였다.

순수한 만물의 언어였다. 우주가 무한한 시간 속으로 여행할 때 아무것도 필요하지 않은 것처럼, 거기엔 어떤 설명도 필요 없었다. 산티아고가 그 순간 깨달은 것은, 운명의 여인과 마주하고 있다는 사실이었고, 그녀 또한 그것을 알고 있었다. 아무런 말도 필요 없었다. 그는 온몸으로 확신했다. 부모님도 그랬고 할아버지도 그랬지만 남녀가 맺어지려면 세월을 두고 만나며 상대방을 차근차근 제대로 알아야 한다고 말했었다. 그러나 그들은 우주의 언어를 알지 못했다. 우주의 언어를 아는 사람에게는, 사막 한복판이든 대도시 한가운데든 누군가가 자신을 기다리고 있다는 걸 깨닫기란 어려운 일이 아니기 때문이다. 두 사람이 만나 눈길이 마주치는 순간, 모든 과거와 미래는 의미를 잃고 오직 현재의 순간만이, 하늘 아래 모든 것은 단 하나의 손에 의해 씌어졌다는 믿을 수 없는 확신만이 존재하게 된다. 세상의 모든 사람들에게 사랑을 불러일으키고 영혼의 반쪽을 찾아주는 것은 바로 그 단 하나의 손이다. 우주의 언어로 소통하는 그러한 사랑 없이는, 어떠한 꿈도 무의미할 것이다.

'마크툽.'

산티아고는 그 신비로운 말을 떠올렸다.


영국인이 청년을 붙잡고 흔들었다.

"어서 저 아가씨에게 물어봐!"

산티아고는 처녀에게 다가갔다. 그녀가 또다시 웃었다. 그도 미소를 보냈다.

"이름이 뭐죠?"

"파티마라고 해요."

눈길을 떨구며 그녀가 대답했다.

"내가 살던 곳에도 그런 이름을 가진 여자들이 있었지요."

"예언자*의 따님 이름이지요. 우리 병사들이 그곳까지 그 이름을 퍼뜨렸군요."

아름다운 아가씨는 전사들에 대해 자랑스레 말했다.

영국인이 옆에서 다그치자, 산티아고는 그제야 병을 치유해주는 사람에 대해 물었다.

"세상의 비밀을 알고 있는 사람이지요. 그는 사막의 진니들과도 이야기를 나눈답니다."

파티마는 또박또박 대답했다. 진니란 선과 악의 정령들이었다. 그녀는 남쪽을 가리키며, 그 이상한 사람이 사는 곳을 알려주었다.

그러고는 물항아리에 물을 채우고 사라졌다. 영국인 역시 연금술사를 찾아 그곳을 떠났다. 산티아고는 오래도록 우물가에 앉아 있었다. 타리파에 있던 어느 날, 동쪽에서 불어온 레반터가 그의 얼굴에 그녀의 향기를 남겨놓았던 것도 같았다. 그녀의 존재를 알기 전부터 이미 그녀를 사랑하고 있었다는 걸 그는 깨닫고 있었다. 그녀에 대한 그의 사랑이 세상의 모든 보물을 발견하게 해주리라는 것 또한 온몸으로 느낄 수 있었다.

다음날, 산티아고는 그 처녀를 보고 싶은 마음에 다시 우물가로 갔다. 그런데 영국인이 거기 있는 게 아닌가. 산티아고는 깜짝 놀랐다. 영국인은 사막을 응시하고 있었다.

---

* 여기서는 마호메트를 말한다.

143

"밤새 자네를 기다렸어. 그는 첫별이 뜰 때 나타났지. 이제껏 당신을 찾아다녔노라고 말했지. 그러자 그가 납을 금으로 변하게 해본 적이 있느냐고 묻더군. 내가 배우고 싶었던 게 바로 그거라고 대답했지. 그랬더니, 직접 한번 해보라는 거야. 그게 다였어."

산티아고는 잠자코 있었다. 가엾은 영국인은 자신도 이미 알고 있던 것을 듣기 위해 그 먼길을 여행한 셈이었다. 산티아고는 자기 역시 늙은 왕에게서 비슷한 경험을 했던 일이 떠올랐다.

"그래요! 한번 해보세요."

"그럴 참이었어. 지금 당장 다시 시작해야지."

영국인이 자리를 뜨고 얼마 안 되어, 파티마가 나타났다. 그녀는 물항아리를 채웠다.

"당신에게 할말이 있어서 왔습니다. 내 아내가 되어줄 수 없겠습니까. 당신을 사랑합니다."

산티아고는 단숨에 말했다.

그녀는 물항아리를 엎지르고 말았다.

"여기서 매일 그대를 기다리겠습니다. 나는 피라미드 가까이 어딘가에 있는 보물을 찾기 위해 사막을 건너왔어요. 전쟁은 내게 재앙이었어요. 하지만 지금은 축복입니다. 전쟁이 나를 여기 그대 곁에 묶어두었으니까요."

"언젠가는 전쟁이 끝나겠지요."

그녀가 말했다.

산티아고는 오아시스의 야자나무 숲을 바라보았다. 그는 한때

양치기였으며, 언제든 다시 양치기로 돌아갈 수 있었다. 그에게
는 보물보다 파티마가 더 소중했다.

"용사라면 누구나 자신의 보물을 찾으러 가지요."

그녀는 그가 무슨 생각을 하고 있는지 다 알고 있다는 듯이 말
했다.

"그리고 사막의 여지들은 자신들의 용사를 자랑스러워한답
니다."

그녀는 물항아리를 다시 채우고는 우물가를 떠났다.


그날 이후 산티아고는 하루도 빠짐없이 파티마를 만나러 우물
가로 갔다. 그는 그녀에게 양치기 시절, 늙은 왕과의 만남, 크리
스털 가게 얘기 등 자신의 지난 삶을 들려주었다. 두 사람은 친구
가 되었고, 그녀와 함께 보내는 얼마간을 제외한 하루의 나머지
시간은 그에게 끔찍이도 길기만 했다.

오아시스에 온 지 한 달쯤 되었을 무렵, 인솔자가 회의를 소집
했다.

"전쟁이 언제 끝날지도 모르고, 그렇다고 여행을 계속할 수도
없소. 어쩌면 전쟁은 훨씬 오래 계속될지도 모르겠소. 수년이 걸
릴지도 모르오. 양 진영 모두 강하고 용맹스런 전사들이 버티고
있고, 서로 물러설 수 없는 싸움이오. 선과 악의 싸움이 아니라
힘의 균형을 유지하기 위한 싸움으로, 이런 유의 전쟁은 오래가
게 마련이오. 알라 신이 양편을 모두 돌봐준다는 얘기요."

사람들은 흩어져 돌아갔다. 그날 오후, 산티아고는 파티마를 만나 회의에서 나온 얘기를 들려주었다.

그녀가 조심스럽게 입을 열었다.

"우리가 두번째로 만났던 날, 당신은 나를 사랑한다고 말했어요. 그 다음엔 만물의 정기와 만물의 언어 같은 아름다운 것들을 내게 가르쳐주었어요. 이 모든 것들이 조금씩 나를 당신의 일부분으로 느끼게 해줘요."

그녀의 목소리는 야자나무 잎을 스치는 바람 소리보다도 더 아름다웠다.

"실은 아주 오래 전부터 이 우물가에서 당신을 기다려왔어요. 내 과거, 내가 지켜야 하는 전통, 사막의 남자들이 기대하는 여자들의 몸가짐 같은 건 잊었어요. 어렸을 때부터 나는 사막이 내게 최고의 선물을 가져다주기를 꿈꿔왔어요. 그리고 마침내 그 선물을 받았지요. 바로 당신이에요."

산티아고는 그녀의 손을 잡고 싶었다. 하지만 파티마의 손은 물항아리 손잡이를 움켜쥐고 있었다.

"당신도 당신의 꿈, 늙은 왕과 보물에 대한 얘기를 해주었지요. 당신은 표지에 대해서도 말해주었어요. 이제 나는 아무것도 두렵지 않아요. 당신을 내게 데려다준 것이 바로 그 표지들이었으니까요. 나는 당신 꿈의 일부이고, 당신이 자주 얘기하는 자아의 신화의 일부이기도 해요. 바로 그렇기 때문에 나는 당신이 여행을 계속하길 원해요. 당신이 찾는 그곳으로 말예요. 만일 전쟁이 끝날 때까지 기다려야 한다면 그렇게 하세요. 하지만 그전에 떠나야 한다면 당신의 신화를 향해 떠나세요. 사막의 모래언덕은 바람에 따라 변하지만, 사막은 언제나 그 모습 그대로랍니다. 우리의 사랑도 사막과 같을 거예요."

긴 이야기를 끝내며 파티마가 말했다.

"마크툽. 내가 만일 당신 신화의 일부라면, 언젠가 당신은 내게 돌아올 거예요."


파티마와 헤어진 뒤 그는 슬픔에 잠겼다. 그는 자신이 알고 있는 결혼한 양치기들을 떠올렸다. 그들은 초원을 떠돌아야 하는 이유를 아내에게 납득시키는 데 하나같이 애를 먹었다. 사랑은 사랑하는 사람과 함께 있을 것을 요구했다.

다음날, 그는 그 모든 것을 파티마에게 말했다. 그러나 그녀는 의연했다.

"사막은 우리에게서 남자들을 데려가놓고는 좀체 돌려주는 법이 없어요. 그러나 그건 우리도 알고 있고, 웬만큼 익숙해져 있는 사실이지요. 떠나간 남자들은 비를 뿌리지 않고 지나가는 구름 속에도 있고, 바위 틈에 숨어 사는 짐승들 속에도 있고, 땅속에서 샘솟는 풍요로운 물줄기 속에도 있어요. 그들은 모든 것의 일부분이며, 마침내 만물의 정기로 변하는 거예요. 몇몇 사람은 되돌아오기도 하지요. 그러면 다른 여자들도 언젠가는 자신이 기다리는 남자도 돌아오리라는 기대로 함께 행복해요. 전에 그런

여자들을 보면 그들의 행복이 부러웠어요. 하지만 이제는 내게
도 기다릴 누군가가 생겼어요. 나는 사막의 여자이고 그게 자랑
스러워요. 내 남자 역시 모래언덕을 움직이는 바람처럼 자유로
이 길을 가길 원해요. 구름 속에서, 짐승들에게서, 샘줄기 속에서
내 남자를 볼 수 있길 원해요."

파티마의 말은 청년의 가슴을 뒤흔들었다.

청년은 영국인을 만나러 갔다. 그에게 파티마에 대해 말해주
고 싶었던 것이다. 그런데 청년은 영국인이 천막 옆에 조그만 고
로를 만들어놓은 것을 보고 놀랐다. 투명한 플라스크가 올려져
있는 이상한 모양의 고로였다. 영국인은 장작으로 불을 지피고
는 사막을 바라보았다. 그의 두 눈은 책에 푹 빠져 있을 때보다
더 형형하게 빛나는 듯했다.

"이것이 작업의 첫번째 단계야. 불순물이 섞인 유황을 분리해
내야 하지. 실수할지도 모른다는 두려움을 가져서는 안 돼. 실패
할지도 모른다는 불안감이야말로 이제껏 '위대한 업'을 시도해
보려던 내 의지를 꺾었던 주범이지. 이미 십 년 전에 시작할 수
있었을 일을 이제야 시작하게 되었어. 하지만 난 이 일을 위해 이
십 년을 기다리지 않게 된 것만으로도 행복해."

영국인은 불을 지피는 틈틈이 사막을 바라다보았다. 청년은
사막이 석양에 물들어 장밋빛으로 변할 때까지 그의 곁에 한참
동안 머물러 있었다. 그때, 청년은 사막 저 아래로 가서 침묵이
자신의 물음에 대답해줄 수 있는지 묻고 싶은 걷잡을 수 없는 욕

구를 느꼈다.

   그는 오아시스의 야자수들이 시야에 잡힐 만큼의 거리를 유지하면서 한참 동안 정처없이 사막을 걸었다. 바람에 귀를 기울이기도 하고, 발길에 채는 돌들을 느끼기도 했다. 이따금 만나는 소라껍질들은 먼 옛날 그 사막이 광활한 바다였다는 것을 알려주었다. 그는 커다란 바위 위에 올라앉아, 눈앞에 펼쳐진 지평선이 걸어오는 최면에 몸을 내맡겼다.

   '소유의 개념과는 별개인 사랑이란 정말 무얼까.'

   그로선 도대체 가늠이 되지 않았다. 하지만 파티마는 사막의 여인이었다. 그에게 그것을 납득시켜줄 무언가가 있다면 바로 사막이었다.

   그렇게 그는 한참을 앉아 있다가, 무언가 머리 위에서 움직이는 것을 느꼈다. 고개를 들어보니, 하늘 높이 매 한 쌍이 날고 있었다.

   산티아고는 두 마리 매와 그들이 하늘을 날며 그리는 형상을 지켜보았다. 그것은 분명 흐트러진 선이었지만, 그에게는 어떤 의미로 다가왔다. 그러나 그 의미가 무언지는 알 수 없었다. 그는 새들의 움직임을 눈으로 좇기로 마음먹었다. 어쩌면 거기서 어떤 메시지를 읽을 수 있을지도 몰랐다. 어쩌면 소유하지 않는 사랑에 대해 사막이 이야기를 들려줄지도 몰랐다.

   그는 졸음이 몰려오는 것을 느꼈다. 심장은 그가 잠들지 않기를 원했지만, 그는 잠들고 싶었다.

'나는 지금 만물의 언어 속으로 스며들고 있어. 이 세상 모든 것에는, 매들의 비행까지도 의미가 있는 거야.'

그는 사랑에 대한 감사의 마음으로 충만해 있었다.

'사랑을 할 때엔 모든 사물들이 한층 더 의미를 갖게 되지.'

갑자기 매 한 마리가 먹잇감을 발견했는지 급강하했다. 바로 그 순간, 청년은 짧고도 갑작스런 어떤 환상을 보았다. 군대가 칼을 빼들고 오아시스로 쳐들어가는 광경이었다. 환상은 곧 사라졌지만, 그를 온통 뒤흔들어놓고 난 다음이었다. 신기루에 대해 사람들이 말하는 것을 들은 적이 있고 더러는 직접 보기도 했다. 신기루란 소망하는 것들이 사막의 모래 위에 나타나는 것이라고 했다. 하지만 그는 군대가 오아시스로 쳐들어가는 광경을 소망해본 적이 결코 없었다.

산티아고는 환상을 잊고 혼자만의 생각 속으로 돌아가고 싶었다. 그는 다시 한번 장밋빛 황토 사막과 돌들에 마음을 집중해보려 했다. 하지만 심장 속에 있는 무언가가 그를 가만히 내버려두지 않았다.

"언제나 표지들을 따라가게."

늙은 왕은 이렇게 말했었다. 청년은 조금 전에 보았던 환상을 떠올리고는, 그것이 머지않아 실현되리라는 예감에 몸을 떨었다.

그는 자신을 옥죄고 있던 번민을 힘껏 떨쳐내고 일어나 야자나무 숲 방향으로 걷기 시작했다. 또 한번 그는, 만물에는 다양한 언어들이 존재한다는 걸 깨달았다. 이제는 사막이 안전지대요, 오아시스가 위험한 곳이었다.

낙타몰이꾼은 야자나무 발치에 앉아 지는 해를 바라보고 있었다. 산티아고가 모래언덕 뒤에서 모습을 드러냈다.

"이제 곧 군대가 쳐들어올 겁니다. 어떤 영상을 보았거든요."

청년이 말했다.

"사막은 사람의 마음을 환상으로 가득 채우는 법이지."

낙타몰이꾼은 무심하게 대꾸했다.

청년은 자기가 본 매들에 대해 이야기해주었다. 매들의 비행을 관찰하다가 돌연 만물의 정기 속으로 빠져들었다고.

낙타몰이꾼은 아무 말도 하지 않았다. 그는 산티아고가 하는 말을 이해했다. 대지는 갖가지 표정으로 세상의 어떤 일이든 알려줄 수 있다는 걸 그는 알고 있었다. 책을 아무렇게나 펼쳐도, 사람의 손을 들여다보거나 새들의 비행을 바라볼 때도, 카드놀이를 할 때도, 그게 무엇이든 간에, 우리 모두는 의미의 연결고리를 발견할 수 있는 것이다. 사실, 사물들은 그 어떤 것도 스스로 드러내지 않았다. 주변에서 일어나는 일들을 지켜보며 만물의 정기를 꿰뚫어보는 방법을 발견해낸 것은 바로 사람들이었다.

사막에는 만물의 정기를 꿰뚫어보는 능력을 밑천으로 먹고사는 사람들이 많았다. 여자와 늙은이들은 점쟁이로 불리는 그들을 어려워했다. 전사들 역시 거의 그들의 말을 들으러 가지 않았다. 자신이 언제 죽을지 알면서 전장으로 나갈 수는 없었던 것이다. 전사들은 싸움이 주는 쾌감과 미지의 것에서 오는 감동을 더 좋아했다. 미래는 알라 신에 의해 정해져 있었고, 어떻게 정해져 있든 그것은 인간의 행복을 위한 것이었다. 그래서 전사들은 오직 현재만을 살았다. 현재는 놀라운 것들로 가득했고, 그들은 수많은 것들, 즉 어디서 적의 창이 날아들고, 자신의 말은 어디에 있으며, 목숨을 부지하기 위해서는 칼을 어떻게 휘둘러야 하는지에 대해 주의를 기울여야 했다.

낙타몰이꾼은 전사가 아니었다. 그는 이미 여러 번 점쟁이들을 찾아갔었다. 그들 중 많은 이가 진실을 말했고, 또 많은 이가 거짓을 말했다. 언젠가 한번은 가장 연로한(그리고 가장 무시무시하게 생긴) 점쟁이가, 왜 그토록 미래의 일을 알고 싶어하는지 낙타몰이꾼에게 물었다.

"일이 닥쳤을 때 무언가를 할 수 있기 위해서죠."

낙타몰이꾼은 덧붙여 말했다.

"원치 않는 일이 일어나는 것을 막기 위해서이기도 하구요."

"그렇다면 그건 당신의 미래가 될 수 없겠구먼."

"글쎄요…… 저는 다만 미래를 알고 싶을 뿐이고, 그렇게 되면 앞으로 일어날 일에 대비할 수 있겠지요."

"만일 그게 좋은 일이라면, 아주 즐거운 놀라움이 될 게야. 하지만 좋지 않은 일이라면, 그 일이 일어나기 전부터 그걸로 고통받을 테고."

"저도 인간이기 때문에 미래를 알고 싶은 겁니다. 인간은 항상 자기 미래에 맞추어 삶을 살아가는 거지요."

점쟁이는 한동안 아무 말 없이 있었다. 그는 산가지가 들어 있는 통을 던져 땅에 떨어진 모양으로 점을 치는 산통점의 달인이었다. 하지만 그날은 산가지들을 사용하지 않았다. 그는 그것들을 헝겊으로 싸서 주머니에 넣었다.

"나는 사람들의 미래를 점쳐주는 일로 먹고살지. 나는 산가지들의 이치를 알고 있고, 모든 것이 이미 기록되어 있는 곳으로 들어가기 위해 그것들을 어떻게 이용해야 하는지도 알고 있네. 그곳에서는 과거를 읽을 수 있고, 이미 잊혀진 것을 발견할 수도 있고, 여기 현재에 있는 표지들을 이해할 수도 있어. 사람들이 내게 점을 치러 올 때, 그건 내가 미래를 읽기 때문이 아니라, 미래를 추측할 수 있기 때문이야. 미래는 신께 속한 것이니, 그것을 드러내는 일은 특별한 사정이 있을 때 오직 신만이 할 수 있는 것이네. 그럼 난 어떻게 미래를 짐작할 수 있을까? 그건 현재의 표지들 덕분이지. 비밀은 바로 현재에 있네. 현재에 주의를 기울이면, 현재를 더욱 나아지게 할 수 있지. 현재가 좋아지면, 그 다음에 다가오는 날들도 마찬가지로 좋아지는 것이고. 미래를 잊고 율법이 가르치는 대로, 신께서 당신의 자녀들을 돌보신다는 믿음을 가지고 살아야 하네. 하루하루의 순간 속에 영겁의 세월이 깃들어 있다네."

신이 미래를 알 수 있게 해준다는 그 특별한 사정이란 게 무언지 낙타몰이꾼은 궁금했다.

"신께서 미래를 보여주실 때라네. 신께서는 단 한 가지 이유가 있을 때를 제외하고는 미래를 잘 보여주시지 않아. 한 가지 예외란 바로, 미래가 바뀌도록 기록되어 있을 때를 말하지."

늙은 점쟁이가 말했다.


'신께서는 저 청년에게 미래의 일부를 보여주셨어. 그건 청년을 당신의 증인으로 삼길 원하셨기 때문이야.'

낙타몰이꾼은 생각했다.

"부족장들에게 가서 전사들이 쳐들어올 거라고 말해요."

낙타몰이꾼이 산티아고에게 말했다.

"그들은 내 말을 비웃을 겁니다."

"그들은 사막의 남자들이오. 사막의 남자들이란 표지를 받아들이는 데 익숙하지."

"그렇다면 그들도 알고 있을 겁니다."

"그들은 당장은 그런 것에 개의치 않아요. 만일 알라 신께서 그들에게 알리고 싶어하는 무언가가 있다면 누군가가 얘기해줄 거라고 그들은 믿고 있소. 그런 일은 전에도 수없이 있었소. 그리고 오늘은 그 사자(使者)가 바로 당신이오."

청년은 파티마를 생각했다. 그리고 부족장들을 만나러 가기로 결심했다.

"사막의 전언을 가지고 왔습니다."

산티아고는 오아시스 한가운데 세워진 커다란 천막 입구에서 보초에게 말했다.

"부족장들을 만나고 싶습니다."

보초는 아무 대꾸도 없이 천막 안으로 들어가더니 한참 동안 나오지 않았다. 얼마나 기다렸을까. 보초는 흰색과 황금색 옷을 걸친 젊은 아랍인과 함께 나왔다. 산티아고는 자신이 본 것을 그 젊은이에게 이야기했다. 젊은 아랍인은 청년에게 잠시 기다리라며 다시 천막 안으로 들어갔다.

밤이 깊어갔다. 많은 전사들과 상인들이 그곳을 드나들었다. 모닥불들도 하나둘씩 꺼져가고, 오아시스는 사막과도 같은 깊은 정적 속으로 빠져들었다. 오직 그 커다란 천막만 불이 밝혀져 있었다. 산티아고는 줄곧 파티마를 생각하고 있었다. 그는 파티마와 나누었던 대화를 여전히 이해할 수 없었다.

오랜 시간을 기다리고 나서야, 마침내 보초가 그를 천막 안으로 들여보냈다.

놀랍게도, 천막 안은 말할 수 없이 황홀했다. 사막 한복판에 이런 천막이 존재하리라고는 단 한 번도 상상하지 못했던 일이었다. 바닥에는 이제껏 그가 밟아본 것 중에서 가장 아름다운 양탄자가 깔려 있고, 천장에는 금으로 세공된 샹들리에가 촛불을 환하게 밝히며 매달려 있었다. 부족장들은 천막 안쪽의 화려하게 수놓인 비단 보료 위에 반원형으로 둘러앉아 휴식을 즐기고

있었다. 하인들은 연신 은쟁반에 향료와 차를 담아 들여오고 내
갔다. 나르길레의 불씨를 지키고 있는 하인도 보였다. 그윽한 담
배향이 천막 안을 가득 채웠다.

부족장은 모두 여덟 명이었는데, 산티아고는 누가 가장 높은
사람인지 금방 알아차렸다. 그 아랍인 족장은 흰색과 황금색의
옷을 입고, 비단 보료 한가운데 자리잡고 있었다. 그 곁에는, 좀
전에 그와 애기를 나누었던 젊은 아랍인이 서 있었다.

"누가 사막의 표지를 전하러 온 이방인인가?"

부족장 중의 하나가 그 젊은 아랍인을 쳐다보며 물었다.

"접니다."

산티아고가 대답했다. 그리고 자신이 본 것을 이야기했다.

"알겠네. 그런데 어째서 사막이 그대에게 표지를 드러냈단 말
인가? 수세대에 걸쳐 이곳을 지키고 있는 우리들을 제쳐두고 말
일세."

다른 부족장이 물었다.

"왜냐하면 제 두 눈은 아직 사막에 익숙하지 않기 때문입니다.
이곳 사람들이 너무 자주 봐서 오히려 눈에 들어오지 않는 것들
이 제 눈에는 보이는 것이겠지요."

'그리고 나는 만물의 정기를 알고 있기 때문이지.'

산티아고는 생각했다. 하지만 아무 말도 덧붙이지 않았다. 아
랍인들이 그런 것을 믿을 리 없었다.

"오아시스는 중립적인 지대일세. 아무도 오아시스를 공격하지

않는다네."

또다른 부족장이 말했다.

"제가 본 것을 말씀드렸을 뿐입니다. 제 말이 믿어지지 않으신
다면 그냥 이대로 가만히 계시면 됩니다."

깊은 침묵이 천막 안을 감싸고 흘렀다. 잠시 후, 족장들 사이
에 격렬한 토론이 이어졌다. 그들은 알아들을 수 없는 아랍 방언
으로 이야기했다. 산티아고가 그만 나가보겠다는 뜻을 비치자,
보초가 그대로 있으라고 했다. 그는 두려워졌다. 무언가 잘못 돌
아가고 있다는 느낌이 들었다. 괜히 낙타몰이꾼에게 이야기한
것 같았다.

그때 갑자기 가운뎃자리에 앉아 있던 노인이 보일 듯 말 듯한
미소를 보냈고, 그 미소에 그는 마음이 놓였다. 그 노인은 격렬한
토론이 벌어지는 동안 한마디 말도 하지 않았다. 하지만 이미 만
물의 언어에 친숙해져 있던 산티아고는 평화의 울림이 천막 전
체로 스며드는 것을 느낄 수 있었다. 그의 직감은 그 자리에 온
게 잘한 일이라고 말해주고 있었다.

부족장 회의가 끝났다. 모두들 입을 다물고 노인의 말을 기다
리는 분위기였다. 이윽고 노인이 청년 쪽으로 고개를 돌렸다. 이
번에는 무척 냉엄하고 멀게 느껴지는 표정이었다.

"아주 오랜 옛날 어느 먼 나라에, 꿈을 믿는 한 남자가 지하감
옥에 갇혔다가 노예로 팔려간 일이 있었네."

노인이 말을 이었다.

"우리 상인들이 그를 사서 이집트로 데리고 왔었네. 그때나 지금이나, 꿈을 믿는 자는 꿈을 해석할 줄도 안다는 걸 우리는 모두 알고 있지."

'그렇다고 해도 언제나 그 꿈을 실현시킬 수 있는 건 아니야.'

그는 예전에 만났던 집시 노파를 떠올리며 생각했다.

"그때 파라오가 꾸었던 살진 암소와 마른 암소의 꿈을 해몽해내서, 그 남자는 이집트를 흉년의 굶주림에서 구해냈지. 그의 이름은 요셉이었네. 그 역시 자네처럼 낯선 땅의 이방인이었고, 나이도 자네 또래였지."

침묵이 이어졌다. 노인의 눈빛은 차가웠다.

"우리는 언제나 전통을 지키고 있네. 전통이 그 시대에 이집트를 굶주림에서 구하고, 이집트 백성들을 그 어느 백성보다도 풍요롭게 해주었지. 전통은 남자들이 사막을 어떻게 건너고, 딸을 어떻게 시집보내야 하는지 가르쳐주지. 전쟁에서는 어느 편이든 다치기 쉽고 오아시스는 양편 모두의 땅이므로, 오아시스는 중립 지대라고 전통에서는 말하고 있네."

노인이 말하는 동안 아무도 입을 열지 않았다.

"하지만 전통에서는 또한 사막의 전언을 믿으라고 이야기하네. 우리가 알고 있는 모든 것들은 사막이 가르쳐준 것들이지."

노인이 어떤 몸짓을 하자, 모두들 일어섰다. 회의를 끝내려는 모양이었다. 나르길레의 불씨가 꺼졌고, 보초들은 제 위치로 가서 정렬했다. 산티아고가 자리를 뜨려는데, 노인이 말을 이었다.

"오아시스에서는 무기를 지녀서는 안 된다는 협정이 있지만, 우리는 내일 그 협정을 깰 생각이야. 하루 종일 우리는 적들을 기다릴 거네. 태양이 지평선 위로 기울 때, 남자들은 모든 무기를 내게 반납할 것이며, 적군 열 명이 죽을 때마다 자네는 금화 한 개씩을 받게 될 것이네.

무기들은 전투에 나가는 일 없이는 내줄 수 없네. 무기란 사막과도 같이 변덕스러워, 쓸데없이 무기를 꺼내면 정작 필요할 땐 게으름을 피울 수 있지. 만약 내일 그것들을 쓸 일이 없게 된다면, 적어도 그 무기들 중 하나는 한 사람을 위해 쓰일 거야. 바로 자네 말일세."

▲　▲　▲

산티아고가 밖으로 나섰을 때는 보름달만이 오아시스를 환히 비추고 있었다. 자신의 천막까지는 걸어서 이십 분 거리였다. 그는 발걸음을 옮기기 시작했다.

그는 혼란스럽고 두려웠다. 만물의 정기 속으로 깊이 잠겨들었지만, 그 때문에 치러야 할 대가는 그의 목숨이었다. 엄청난 도박이었다. 그러나 따지고 보면 자아의 신화를 좇기 위해 가지고 있는 양들을 모두 팔았던 그날부터가 이미 커다란 도박이었다. 낙타몰이꾼이 얘기한 대로 내일 죽는 것이나 다른 날 죽는 것이나 매한가지였다. 하루하루는 살거나 이 세상을 뜨거나 어느 한

쪽을 위해 있는 것이었다. 모든 것은 단지 이 한마디에 달려 있었다. '마크툽.'

그는 조용히 걸었다. 아무것도 후회하지 않기로 했다. 만일 내일 죽어야 한다면, 신께서 미래를 바꿀 뜻이 없기 때문이리라. 하지만 내일 죽는다 해도, 해협을 건너고, 크리스털 가게에서 일하고, 사막을 알고, 파티마의 두 눈을 보고 난 후의 죽음이었다. 집을 떠나온 후로 그는 하루하루를 치열하게 살았다. 내일 죽게 될지라도, 그의 두 눈은 다른 양치기들이 본 것보다 훨씬 더 많은 것들을 보지 않았는가. 그는 그게 자랑스러웠다.

느닷없이 요란한 굉음이 들려왔고, 산티아고는 갑작스런 돌풍에 휩쓸려 땅바닥에 쓰러졌다. 먼지구름이 몰려와 달빛을 거의 가려버린 것도 순식간이었다. 어디서 나타났는지, 눈앞에는 커다란 백마 한 마리가 무시무시한 울음소리를 토하며 앞발을 치켜들고 있었다.

무슨 일이 일어나고 있는지 도무지 가늠할 수가 없었다. 먼지가 조금 가라앉자, 강렬한 두려움이 엄습해왔다. 백마의 잔등 위로는 온통 검은 옷을 입은 기사의 모습이 보였다. 터번을 쓰고, 두 눈만 빼놓고는 얼굴 전체를 검은 수건으로 가리고 있는 그의 왼쪽 어깨에는 매 한 마리가 올라앉아 있었다. 사막의 전령인 듯도 했지만, 그 위용의 장엄함은 단순한 전령 이상이었다.

그 신비한 기사는 말안장에 꽂아둔 거대한 반월도를 뽑아들었다. 칼날이 달빛을 받아 번쩍였다.

"누가 감히 매들의 비행을 읽어냈는가?"

마치 알 파이윰의 야자나무 오만 그루가 일제히 메아리치는 것과 같은 목소리였다.

"제가 감히 그랬습니다."

산티아고가 대답했다. 그는 그 순간, 백마를 타고 이교도들을 제압하던 성 산티아고 마타모로스의 모습을 기억해냈다. 상황이 바뀌었을 뿐, 지금과 똑같은 모습이었다.

"접니다."

청년이 다시 한번 대답했다. 그러고는 기사가 내리치는 칼날을 받기 위해 고개를 숙였다.

"많은 이들이 목숨을 건질 겁니다. 만물의 정기를 꿰뚫어보는 능력이 제게 있으니까요."

칼날은 떨어지지 않았다. 기사의 손은 천천히 내려와, 칼 끝으로 청년의 이마를 스쳤을 뿐이었다. 아주 예리한 칼날이어서 그것만으로도 금세 피 한 방울이 맺혔다.

기사는 전혀 미동도 하지 않았다. 산티아고도 마찬가지였다. 도망쳐야겠다는 생각도 들지 않았다. 청년의 가슴속에서, 알 수 없는 기쁨이 솟구쳤다. 자신은 이제 자아의 신화를 위해서, 그리고 파티마를 위해서 죽게 되리라. 낯선 기쁨의 실체는 바로 그것이었다. 표지들이 보여준 것은 끝내 사실이었던 것이다. 눈앞에 칼을 든 적이 있었지만, 그는 죽음을 걱정할 필요가 없었다. 만물의 정기가 그를 기다리고 있었고, 잠시 후면 그 정기의 일부가 될 터였다. 그리고 내일이면 눈앞의 적 또한 만물의 정기의 일부로 변할 것이었다.

기사는 계속 청년의 이마에 칼을 겨누고 있었다.

"무슨 이유로 그대는 새들의 비행을 읽어냈는가?"

"새들이 제게 말하려는 것을 읽었을 뿐입니다. 새들은 오아시스를 구하고 싶어했지요. 내일 당신네들은 죽게 될 겁니다. 오아시스에는 당신네보다 더 많은 수의 전사들이 있으니까요."

칼날은 여전히 그의 이마를 겨누고 있었다.

"알라 신께서 정한 운명을 바꾸려 하는 그대는 누구인가?"

"알라께서는 군대를 만들고, 또한 새들도 창조했습니다. 알라께서 제게 새들의 언어를 보여주신 겁니다. 모든 것은 같은 신의 손으로 기록된 것이지요."

낙타몰이꾼이 해준 얘기들을 떠올리며 산티아고가 말했다.

마침내 기사는 칼을 거두었다. 청년은 안도의 한숨을 내쉬었다. 하지만 도망칠 수는 없었다.

"예언에 주의하게. 무언가가 기록되어 있다면, 그것을 피할 수 있는 방법은 없으니."

"저는 단지 군대를 보았을 뿐, 전투의 결말을 본 것은 아닙니다."

기사는 청년의 대답에 만족한 것처럼 보였다. 하지만 그의 손에는 여전히 칼이 들려 있었다.

"이방인이 낯선 땅에서 무엇을 하고 있는가?"

"자아의 신화를 찾으러 왔습니다. 당신은 절대 이해하지 못할 어떤 것을 찾아서."

기사는 칼을 칼집에 꽂았다. 그의 어깨에 앉아 있던 매가 이상한 울음소리를 냈다. 청년은 마음이 놓였다.

"그대의 용기를 시험해본 것이네. 용기야말로 만물의 언어를 찾으려는 자에게 가장 중요한 덕목이니."

그 순간 산티아고는 놀라지 않을 수 없었다. 기사는 극소수의 사람들만이 알고 있는 진실을 말하고 있었던 것이다.

"아무리 먼길을 걸어왔다 해도, 절대로 쉬어서는 안 되네. 사막을 사랑해야 하지만, 사막을 완전히 믿어서는 안 돼. 사막은 모든 인간을 시험하기 때문이야. 내딛는 걸음마다 시험에 빠뜨리고, 방심하는 자에게는 죽음을 안겨주지."

기사의 말은 늙은 왕이 해준 이야기를 연상시켰다.

"만일 내일 전사들이 쳐들어오고, 해가 진 후에 아직 그대의 머리가 온전히 붙어 있다면 나를 찾아오게."

기사는 칼을 쥐고 있던 손으로 채찍을 집어들었다. 그의 백마가 먼지구름을 일으키며 또다시 앞발을 치켜들었다.

"어디에 사십니까?"

기사가 멀어져갈 때 산티아고가 소리쳐 물었다.

기사는 채찍을 든 손으로 멀리 남쪽 방향을 가리켰다.

산티아고는 방금 전에 연금술사를 만났던 것이다.

▲ ▲ ▲

　다음날 아침, 알 파이윰의 야자나무 숲에는 이천 명의 무장한 남자들이 숨어 있었다. 해가 중천에 떠오를 무렵 말을 탄 오백 명의 병사들이 멀리 지평선 쪽에서 나타나 오아시스 북쪽으로 들어왔다. 언뜻 보기에 평화로운 탐험대의 모습이었지만, 그들의 흰 외투 자락에는 무기가 숨겨져 있었다. 오아시스 한가운데 세워진 커다란 천막 가까이 다다랐을 때, 그들은 시미타르*와 총을 뽑아들었다. 그리고 천막을 향해 돌진했다. 그러나 천막은 텅 비어 있었다.

　야자나무 숲에 숨어 있던 오아시스의 남자들이 일시에 사막에서 온 병사들을 에워쌌다. 반시간도 채 지나지 않아, 천막 주변은 온통 시체로 즐비했다. 어린아이들은 야자나무 숲 반대편에 있었고, 여자들은 천막 안에서 남편들을 위해 기도하고 있었기 때문에 아무것도 보지 못했다. 도처에 널려 있는 시체만 아니었다면 오아시스는 여느 때와 다름없이 보였을 것이다.

　단 한 명, 침입군의 지휘관만 살려두었다. 그날 오후, 그는 부족장들 앞으로 끌려갔다. 부족장들은 왜 오아시스의 오랜 전통을 어겼는지 그에게 물었다. 그는 부하들이 오랜 전투에 탈진해서 굶주림과 갈증으로 고통받고 있었고, 다시 전투에 나갈 힘을 얻기 위해서는 오아시스 하나를 약탈하기로 결정할 수밖에 없었다고 말했다.

---

＊ 아랍과 터키의 초승달 모양의 칼.

오아시스의 최고 족장은 병사들이 처했던 상황은 유감스럽지만, 전통은 어떤 상황에서도 지켜져야 한다고 단호하게 말했다. 사막에서 변할 수 있는 것은 오직 바람이 세차게 불 때마다 모습을 바꾸는 모래언덕뿐이었다.

말을 마친 후 최고 족장은 적장에게 불명예스런 죽음을 선고했다. 칼이나 총 대신 그는 메마른 야자나무에 목매달려 죽었다. 그의 시체는 사막의 바람이 불 때마다 이리저리 흔들렸다.

최고 족장은 젊은 이방인을 불러 금화 오십 개를 주었다. 그러고는 이집트에서 요셉이 했던 일을 환기시키며, 청년에게 오아시스의 고문이 되어달라고 부탁했다.

해가 완전히 기울고 첫별들이 하나둘씩 나타날(보름달 때문에 별빛은 그리 밝지 않았다) 무렵, 산티아고는 남쪽을 향해 발걸음을 옮겼다. 얼마 뒤, 그는 외딴 천막에 이르렀다. 지나가던 아랍인들이 그곳은 진니들이 득실거리는 곳이라고 일러주었다. 산티아고는 천막 앞에 앉아 한참을 기다렸다.

연금술사는 달이 밤하늘 높이 떠오르고 나서야 나타났다. 그의 어깨에는 죽은 매 두 마리가 놓여 있었다.

"저 여기 있습니다."

산티아고가 말했다.

"그대가 있을 자리가 여기는 아닐 터인데. 아니면 그대 자아의 신화는 이곳까지만 오는 것이었는가?"

연금술사가 대답했다.

"부족간에 전쟁이 벌어지고 있습니다. 지금은 사막을 건널 수 없습니다."

연금술사는 말에서 내려서, 천막 안으로 들어가자고 손짓했다. 요정 이야기를 연상시키던 오아시스 한가운데의 커다랗고 화려한 천막과는 달리, 평범한 천막이었다. 그는 연금술에 쓰이는 실험 기구들과 고로를 눈으로 찾았지만, 그 비슷한 것도 없었다. 천막 안에는 책들이 무더기로 쌓여 있고, 취사용 화로와 신비로운 그림으로 장식된 양탄자가 깔려 있을 뿐이었다.

"앉게. 차를 끓이겠네. 우리 이 매들을 함께 먹세나."

연금술사가 그에게 말했다.

산티아고는 그 매들이 전날 자신이 본 건지 궁금했지만 아무 말도 하지 않았다. 연금술사는 화로에 불을 붙였고, 얼마 안 있어 고기 익는 맛있는 냄새가 천막 안에 가득 퍼졌다. 나르길레보다도 훨씬 기분 좋은 냄새였다.

"무슨 일로 저를 오라고 하셨습니까?"

청년이 연금술사에게 물었다.

"표지들 때문이네. 그대가 올 거라고 바람이 말해주었지. 그대에게 내 도움이 필요할 거라는 것도."

"바람이 일러준 건 제가 아닙니다. 또다른 이방인인 영국인이

에요. 당신을 찾으려 한 건 바로 그 사람입니다."

"그는 나를 만나기 전에 다른 것들을 먼저 만나야 하네. 그런데 길을 잘 찾아오고 있어. 그는 사막을 이해하기 위해 노력하기 시작했네."

"그럼 저는요?"

"사람이 어느 한 가지 일을 소망할 때, 천지간의 모든 것들은 우리가 꿈을 이룰 수 있도록 뜻을 모은다네."

연금술사는 늙은 왕과 똑같은 말을 했다.

청년은 이해할 수 있었다. 이제까지의 긴 여행에서 마주친 모든 사람들은 그가 자아의 신화를 향해 나아갈 수 있도록 그의 길 위에 서 있었던 것이다.

"제게 가르침을 주시겠습니까?"

"아닐세. 그대는 알아야 할 모든 것들을 이미 알고 있어. 나는 다만 그대의 보물이 있는 방향으로 그대가 나아갈 수 있도록 해줄 따름이지."

"부족간에 전쟁이 벌어지고 있습니다."

그는 같은 말을 되풀이했다.

"나는 사막을 아네."

"저는 이미 보물을 얻었습니다. 낙타 한 마리와 크리스털 가게에서 번 돈, 그리고 금화 오십 개. 고향으로 돌아가면 부자로 살 수 있습니다."

"하지만 그것들 중 어느 하나도 피라미드에 가까이 있지 않네."

"제게는 파티마가 있습니다. 제가 얻어낸 어떤 것들보다도 더 큰 보물이지요."

"그녀 또한 피라미드에 가까이 있지 않아."

그들은 말없이 매고기를 먹었다. 연금술사는 병을 열더니 손님의 컵에 붉은 액체를 따랐다. 포도주였다. 청년이 그때까지 마셔본 것 중 가장 좋은 포도주였다. 하지만 포도주는 알라의 율법으로 금지되어 있었다.

"사람의 입으로 들어가는 것이 악이 아니네. 사람의 입에서 나오는 것이 악일세."

연금술사가 술을 권하며 말했다.

술을 마시자 마음이 편안해졌다. 하지만 연금술사는 여전히 위압적인 대상이었다. 그들은 천막 바깥으로 나와 앉아, 별빛을 압도하는 환한 달을 바라보았다.

"마시고 지금 이 순간을 즐기게."

청년이 조금씩 즐거워하는 것을 보며 연금술사가 말했다.

"병사가 전투를 앞두고 휴식을 취하듯 그대도 쉬게. 하지만 그대의 마음이 있는 곳에 그대의 보물이 있다는 사실은 잊지 말게. 그대가 여행길에서 발견한 모든 것들이 의미를 가질 수 있을 때 그대의 보물은 발견되는 걸세.

내일 그대의 낙타를 팔고 대신 말을 사게. 낙타는 사람을 배신하는 짐승이라서, 수천 리를 걷고도 지친 내색을 않다가 어느 순간 무릎을 꺾고 숨을 놓아버리지. 하지만 말은 서서히 지치는 동물이야. 앞으로 얼마나 더 달릴 수 있을지 그리고 언제쯤 죽을지 가늠할 수 있다네."

▲  ▲  ▲

다음날 밤, 산티아고는 말을 타고 연금술사의 천막에 도착했다. 잠시 기다리자, 연금술사 역시 말을 타고 나타났다. 왼쪽 어깨에는 매가 올라앉아 있었다.

"사막에 있는 생명을 내게 보여주게. 사막에서 생명을 찾을 수 있는 사람만이 보물을 찾을 수 있네."

둘은 흠뻑 쏟아지는 달빛을 받으며 모랫길을 걷기 시작했다.

'내가 과연 사막에서 생명을 찾아낼 수 있을지 모르겠군. 난 아직 사막을 모르는데.'

산티아고는 생각에 잠겼다. 그는 돌아서서 지금 하고 있는 생각을 연금술사에게 말하고 싶었지만 연금술사는 여전히 두려움의 대상이었다. 그들은 산티아고가 하늘에서 매들을 보았던 장소에 도착했다. 하지만 이제 그곳에는 침묵과 바람뿐이었다.

"저는 사막에서 생명을 찾아낼 수 없습니다. 생명이 있다는 건 알지만, 찾아낼 수는 없어요."

그는 기어이 속마음을 털어놓고 말았다.

"생명은 생명을 부르는 법."

연금술사가 대답했다.

그 말을 듣는 순간 산티아고는 머릿속이 환해지는 느낌이었다. 그는 곧바로 말의 고삐를 놓아버렸다. 그러자 말은 바위와 모래벌판을 제 마음대로 돌아다니기 시작했다. 연금술사는 말없이 그 뒤를 따랐고, 그도 그렇게 반시간 남짓을 걸었다. 오아시스의 야자나무 숲은 시야에서 사라진 지 이미 오래였다. 다만 사막의 바위들이 밤하늘의 황홀한 달빛을 받아 은색으로 환하게 빛나고 있었다. 산티아고의 말이 돌연 걸음을 멈추었다. 처음 와본 곳이었다.

"이곳에 생명이 있습니다. 저는 사막의 언어를 모르지만, 제 말은 생명의 언어를 알고 있지요."

그가 연금술사를 돌아보며 말했다.

둘은 말에서 내려섰다. 연금술사는 아무 말도 하지 않았다. 연금술사는 근처의 돌무더기를 유심히 쳐다보더니 천천히 다가가 조심스레 몸을 숙였다. 돌무더기 틈새로 구멍이 하나 뚫려 있었다. 연금술사는 그 구멍 속으로 팔 전체를, 어깨까지 밀어넣었다. 땅속 저 아래에서 뭔가가 움직이고 있는 듯했다. 힘에 부치는지 연금술사의 두 눈이 가늘어졌다.(산티아고에겐 연금술사의 두 눈만 보였다.) 어느 순간 연금술사는 움찔 놀라는 표정을 지으며 구멍에서 팔을 빼더니 곧장 일어섰다. 연금술사의 손에는 뱀의 꼬리가 쥐어져 있었다.

산티아고는 화들짝 놀라며 뒤로 물러섰다. 뱀은 미친 듯이 꿈틀대며 쉬이익 쉬이익 날카로운 소리로 사막의 적막을 깨뜨렸

다. 몇 분 내에 사람의 생명을 앗아간다는 독사 킹코브라였다.

'독을 조심해야 할 텐데.'

아니, 맨손을 집어넣었으니 이미 독사에게 물렸는지도 몰랐다. 그러나 그의 얼굴은 평소와 마찬가지로 평온하기 그지없었다. 그때 영국인이 해주었던 말이 떠올랐다.

"그 연금술사는 이백 살이 넘어."

'그래, 그렇다면 연금술사는 사막의 독사들을 어떻게 다루어야 하는지도 알고 있을 거야.'

그렇게 생각하니 조금 안심이 되었다.

연금술사는 말이 서 있는 곳으로 가서 초승달 모양의 긴 칼을 뽑아들고 땅 위에 원을 그렸다. 그러고는 뱀을 원 안으로 던져넣었다. 뱀은 그 즉시 잠잠해졌다.

"걱정하지 말게. 저놈은 금 밖으로 나오지 않아. 그대가 사막에서 찾아낸 저 생명이 바로 내가 필요로 했던 표지일세."

"저 뱀이 왜 중요한 표지가 되나요?"

"피라미드가 사막에 둘러싸여 있기 때문이지."

이해하기 힘든 대답이었다. 그러나 산티아고는 피라미드 이야기라면 더이상 듣고 싶지 않았다. 지난밤 이후로 그의 마음은 한없이 무거웠다. 보물을 찾는 여정을 계속한다는 것은 파티마와 헤어져야 한다는 의미였다.

"내가 그대를 사막으로 인도하겠네."

연금술사가 말했다.

"저는 오아시스에 남고 싶습니다. 이곳 오아시스에서 저는 파티마를 만났습니다. 파티마는 제겐 보물보다 더 소중한 존재입니다."

"파티마는 사막의 여자일세. 남자들이란 떠나야만 한다는 걸, 다시 돌아오기 위해서도 떠나야만 한다는 걸 알고 있는 사막의 여인이란 말일세. 그대만 보물을 만난 게 아니네. 그녀 또한 자신의 보물을 만났지. 바로 그대일세. 그녀는 이제 그대의 소망이 이루어지길 진심으로 기원하고 있네."

"제가 이곳에 남기로 한다면요?"

"그후 일어날 일을 그대에게 말해줌세. 그대는 오아시스의 고문이 될 걸세. 그대에게는 많은 양과 낙타를 살 수 있는 충분한 돈도 있어. 그리고 그대는 파티마와 결혼하게 되지. 처음 일 년간은 두 사람 모두 행복할 것이네. 사막을 사랑하는 법을 배우고 오만 그루의 야자나무를 한 그루 한 그루 알아가게 될 걸세. 그 나무들이 어떻게 자라나고, 끊임없이 변화하는 세계를 어떻게 보여주는지도 깨닫게 될 것이네. 그러면서 표지를 이해하는 능력도 조금씩 나아질 걸세. 사막은 가장 위대한 스승이기 때문이지.

이 년째 되는 해, 그대는 보물의 존재를 기억하게 될 것이네. 표지들은 집요하게 보물의 존재에 대해 말하기 시작할 테고, 그대는 그것을 잊으려 무진 애를 쓸 걸세. 그대는 그대의 지식을 오직 오아시스와 오아시스 주민들의 행복을 위해서만 쓰겠지. 부족장들은 그것을 고맙게 생각할 것이고. 그대의 낙타들은 그대에게 부와 권력을 가져다줄 것이네.

삼 년째 되는 해에도 표지들은 그대의 보물과 자아의 신화에 대해 끊임없이 이야기할 것이네. 그대는 밤마다 오아시스를 배회하고, 파티마는 자신이 그대의 길을 가로막았다는 자책감으로 번민하는 슬픈 여인이 될 것이네. 그럴수록 그대는 그녀를 더욱 사랑하고, 그녀도 그대를 변함없이 사랑할 것이야. 그러다 어느 순간, 그대는 그녀가 한 번도 그대에게 오아시스에 머물러달라고 한 적이 없다는 사실을 떠올리게 될 걸세. 사막의 여인은 남편이 돌아오기를 기다릴 줄 알기 때문이지. 그러니 그대는 그녀를 원망할 수 없을 것이네. 하지만 숱한 밤, 모래사막과 야자나무 숲을 배회하면서, 그대는 그대의 길을 계속 갈 수도 있었다고, 파티마에 대한 자신의 사랑을 좀더 믿어도 좋았으리라고 생각하게 되겠지. 그대를 오아시스에 머물게 한 것은 다시는 돌아오지 못할지도 모른다는 그대 자신의 두려움이었기 때문이지. 그리고 그럴 즈음, 표지들은 그대의 보물이 영원히 땅속에 묻혀버렸다는 걸 알려줄 것이네.

사 년째 되는 해, 표지들은 그대를 떠날 것이네. 그대가 들으려 하지 않았기 때문이지. 부족장들은 그걸 알아차리고 그대에게서 고문의 자리를 빼앗아갈 걸세. 그때쯤 그대는 아주 부유한 상인이 되어 있겠지. 하지만 그대는 밤이면 사막의 야자나무 숲을 서성거리며 번민하게 될 걸세. 자아의 신화를 이루지 못했고 다시 시작하기에는 너무 늦었다는 것을 아프게 깨달으며 말이지.

명심하게. 사랑은 어떤 경우에도, 자아의 신화를 찾아가는 한 남자의 길을 가로막는 것이 아니네. 그런 일이 생긴다면, 그것은 만물의 언어를 말하는 사랑, 진정한 사랑이 아니기 때문이지."

연금술사는 말을 마치고 모래 위에 그려놓은 원을 지워버렸다. 그러자 코브라는 재빨리 돌무더기 틈으로 달아나버렸다.

산티아고는 늘 메카로의 성지 순례를 꿈꾸었던 크리스털 상인과, 연금술사를 찾아 사막을 건너온 영국인을 생각했다. 그리고 운명처럼 사막을 믿고 있는 한 여인을 생각했다. 그녀에게 사랑할 남자를 데려다준 것은 다름아닌 사막이었다.

그들은 다시 말에 올랐다. 이번에는 산티아고가 연금술사의 뒤를 따랐다. 바람이 사막의 소리를 실어왔고, 그는 그 속에서 파티마의 음성을 찾으려 애썼다. 그날 그는 전투 때문에 우물가에 가지 못했다. 하지만 그는 이미 연금술사로부터 사랑과 보물, 사막의 여인과 자아의 신화에 대해 잊을 수 없는 이야기를 들어버린 뒤였다.

"함께 가겠습니다."

산티아고가 말했다. 그 순간, 마음이 말할 수 없이 평온해졌다.

"내일 해 뜨기 전에 떠나세."

연금술사는 짧게 대답했다.

▲ ▲ ▲

산티아고는 밤을 하얗게 지새웠다. 동트기 두어 시간 전에 그는 같은 천막 안에서 자고 있던 아랍 소년을 깨워 파티마가 사는 곳을 알려달라고 부탁했다. 소년은 산티아고를 파티마의 집까지 안내했다. 그는 고마움의 표시로 소년에게 양 한 마리 값에 해당하는 돈을 건넸다.

그러고 나서 다시 소년에게 파티마가 어디에서 자고 있는지 알아보고 그녀를 깨워 자신이 기다리고 있다는 말을 전해달라고 했다. 소년은 시키는 대로 했고, 그 대가로 양 한 마리 값을 더 받았다.

"이제 우리 둘만 있게 해주겠니?"

그가 아랍 소년에게 말했다. 소년은 오아시스의 고문에게 도움을 주었다는 것이 자랑스럽고, 무엇보다 양을 살 수 있는 돈을 번 것에 신이 나서 즐겁게 천막으로 돌아갔다.

파티마가 천막 입구로 나왔다. 둘은 야자나무 숲으로 함께 걸어갔다. 물론 그러한 행동이 오아시스의 관습에 어긋난다는 것은 그도 알고 있었다. 하지만 그 순간, 그런 것은 전혀 중요하지 않았다.

"난 떠납니다. 내가 다시 돌아오리라는 걸 믿어주었으면 좋겠어요. 내가 그대를 사랑한 것은……"

그가 말했다.

"아무 말도 하지 말아요. 사랑하기 때문에 사랑하는 것일 뿐, 사랑에 이유는 없어요."

파티마가 그의 말을 가로막았다.

그러나 산티아고는 말을 이었다.

"내가 그대를 사랑하게 된 것은 내가 꿈을 꾸었고, 어느 늙은 왕을 우연히 만났고, 크리스털을 팔았고, 사막을 건너왔고, 부족들이 전쟁을 선포했고, 연금술사를 찾아 그 우물가에 갔기 때문입니다. 내가 그대를 사랑하는 건 모든 천지만물의 섭리가 나를 그대에게 이르도록 했기 때문이에요."

두 사람은 서로를 끌어안았다. 처음으로 둘의 몸과 몸이 맞닿는 순간이었다.

"반드시 돌아올 겁니다."

"예전에는 막연한 희망 속에서 사막을 바라보았지만 이제부턴 소망과 함께예요. 어느 날 아버지는 돌연 떠나셨지만, 다시 어머니에게로 돌아오셨어요. 그리고 이젠 언제나 돌아오시죠."

그들은 아무 말 없이 야자나무 숲을 거닐었다. 산티아고는 천막 입구까지 그녀를 데려다주었다.

"난 꼭 돌아옵니다. 그대의 아버지가 어머니에게로 돌아오셨던 것처럼."

산티아고는 파티마의 두 눈에 가득 고인 눈물을 보았다.

"울고 있어요?"

"난 사막의 사람이에요. 하지만 그보다 먼저 여자이지요."

그녀는 애써 얼굴을 가리며 대답했다.

파티마는 천막 안으로 들어갔다. 이제 얼마 후면 해가 뜰 시간이었다. 날이 밝으면 그녀는 다시 밖으로 나와 그제나 어제처럼 늘 해온 일들을 할 터였다. 하지만 모든 게 변해 있었다. 산티아고는 이제 오아시스에 없었고, 오아시스도 이전의 그 오아시스가 아니었다. 오아시스는 오만 그루의 야자나무와 삼백 개의 우물이 있는 곳도, 나그네들이 오랜 여행 끝에 기쁨에 겨워 허겁지겁 달려오는 곳도 아니었다. 이제 그녀에게 오아시스는 텅 빈 곳이었다.

그날 이후, 사막이야말로 그녀에게 오아시스보다 더 중요한 곳이 될 것이었다. 파티마는 산티아고가 어떤 별을 길잡이 삼아 보물을 찾아갈까 생각하며 하염없이 사막을 바라보고 시간을 보낼 터였다. 바람결에 실어보내는 그녀의 입맞춤이 그의 얼굴을 어루만져주며, 그녀가 살아 있다고, 꿈과 보물을 찾아 길을 떠난 용기 있는 남자를 기다리며 살고 있다고 그에게 전해주기를 소망할 터였다.

그날 이후 사막은 그녀에게 단 하나의 의미, 그가 돌아오리라는 소망으로만 남을 것이었다.

　　　　▲　　▲　　▲

"그대 뒤에 두고 온 것들은 생각지 말게. 모든 것은 만물의 정기 속에 새겨져 영원히 거기 머물 테니."

사막의 모랫길로 함께 말을 몰기 시작했을 때, 연금술사가 입을 열었다.

"사람들은 떠나는 것보다 돌아오는 것을 더 많이 꿈꾼다."

어느새 사막의 침묵에 다시 익숙해져가고 있던 산티아고가 말했다.

"만일 그대가 찾은 것이 순수한 물질로 이루어져 있다면, 그것은 결코 썩지 않고 영원할 것이네. 그리고 그대는 언제나 되돌아갈 수 있지만, 그대가 본 것이 별의 폭발과도 같은 일순간의 섬광에 지나지 않는다면, 돌아가도 빈손일 수밖에 없어. 하지만 그대는 폭발하는 빛을 본 것이니, 그것만으로도 고된 삶을 살아갈 가치가 있는 게지."

그는 연금술의 언어로 이야기하고 있었다. 하지만 산티아고는 그가 파티마에 대해 말하려는 것임을 알고 있었다.

뒤에 두고 온 것들을 생각에서 지우기란 힘든 일이었다. 사막은 한없이 단조로운 풍경이었고, 그는 줄곧 꿈을 꾸고 있는 듯했다. 야자나무들과 우물들, 그리고 사랑하는 여인의 얼굴이 계속 눈앞을 스쳐갔다. 실험실의 영국인, 훌륭한 스승이면서 정작 자신은 그것을 모르고 있는 낙타몰이꾼도 눈앞에 떠올랐다 사라졌다.

184

'아마도 저 연금술사는 누군가를 사랑해본 적이 없을 거야.'

연금술사는 어깨에 매를 올려놓고, 산티아고보다 앞서 말을 몰고 있었다. 그 매는 사막의 언어를 완벽하게 알고 있어서, 그들이 길을 멈추면, 연금술사의 어깨에서 날아올라 먹이가 될 만한 것들을 찾았다. 길을 떠난 첫날에는 토끼 한 마리를 잡아왔고, 둘째 날에는 새를 두 마리나 물어왔다.

밤이 되면 그들은 땅바닥에 각자의 담요를 폈다. 사람들의 눈을 피하느라 모닥불은 피우지 않았다. 사막의 밤은 추웠고, 하늘의 달이 이지러짐에 따라 어둠도 점차 짙어져갔다. 꼬박 일 주일 동안 그들은 침묵에 잠긴 채 길을 갔다. 전투를 피해 가기 위해 꼭 필요한 말만 주고받았다. 전쟁은 계속되었고, 바람은 이따금 들큰한 피비린내를 실어왔다. 가까운 곳에서 전투가 벌어지면 바람은 언제나 산티아고의 눈이 볼 수 없는 것들을 보여주기 위해 표지의 언어가 있다는 걸 상기시켜주었다.

여행 일곱째 날 밤, 연금술사는 평소보다 일찍 야영 준비를 했다. 사냥감을 찾으러 갔던 매는 병사의 물통 하나를 물고 왔다. 연금술사는 물통을 산티아고에게 건넸다.

"이제 그대의 여행도 곧 끝날 것이네. 자아의 신화를 좇아 여기까지 온 것을 축하하네."

"스승님께서는 줄곧 아무 말씀이 없으시군요. 저는 스승님께서 제게 가르침을 주실 걸로 생각했습니다. 얼마 전 사막을 건널 때, 연금술에 관한 책을 갖고 있는 사람과 동행했었습니다. 하지만 아무것도 배울 수 없었습니다."

산티아고가 말했다.

"배움에는 행동을 통해 배우는, 단 한 가지 방법이 있을 뿐이네. 그대가 알아야 할 모든 것들은 여행을 통해 다 배우지 않았나. 이제 남은 건 한 가지뿐이지."

그는 그 한 가지가 무언지 알고 싶었지만 연금술사는 지평선을 바라보며 매를 기다릴 뿐. 말이 없었다.

"어째서 스승님을 연금술사라고 부르는 걸까요?"

"내가 연금술사이기 때문이지."

"그렇다면 금을 만들려다 실패한 다른 연금술사들은 뭐가 잘못되었던 거죠?"

"그들은 단지 금만을 구했네. 자아의 신화, 그 보물에만 집착했을 뿐 자아의 신화를 몸소 살아내려고는 하지 않았지."

"제가 더 알아야 할 건 뭐죠?"

그는 끈기 있게 물었다.

하지만 연금술사는 여전히 지평선만 바라보고 있었다. 한참후, 매가 먹이를 물고 돌아왔다. 그들은 불빛이 드러나지 않도록 땅을 파고 모닥불을 피웠다.

"나는 연금술사이기 때문에 연금술사일 뿐이네. 난 내 아버지의 아버지로부터 연금술을 배웠고, 내 아버지의 아버지는 다시 아버지의 아버지로부터 배웠고, 이렇게 태초로 거슬러올라가네. 그시절 '위대한 업'은 에메랄드에 단순 명료하게 기록될 수 있었어.

하지만 사람들은 그런 단순한 것들에는 주의를 기울이지 않고, 책을 쓰며 해석학이나 철학 연구로 나아갔지. 그러면서 그들은 다른 사람들보다 더 나은 길을 알고 있다고 자부하기 시작했네."

산티아고와 함께 먹을 것을 준비하면서 연금술사가 말했다.

그러고는 이렇게 덧붙였다.

"에메랄드 판은 오늘날에도 계속 살아 있네."

"에메랄드 판에는 무엇이 씌어 있나요?"

산티아고는 궁금해서 견딜 수 없었다.

연금술사는 모래 위에 그림을 그리기 시작했다. 그가 그림을 그리는 사이, 산티아고는 늙은 왕과 우연히 마주쳤던 광장을 떠올렸다. 아주 오래 전의 일 같았다.

"이게 바로 에메랄드 판에 새겨진 것이라네."

몇 분도 안 되어 그림을 마치고서, 연금술사가 말했다.

산티아고는 모래 위에 그려진 것들을 뚫어져라 쳐다보았다.

"암호군요. 영국인의 책에서 보았던 것과 비슷해요."

산티아고가 다소 실망한 듯 말했다.

"아닐세. 이것은 저 두 마리 매들의 비행과도 같아. 단순히 논리적으로 접근해서는 안 되네. 에메랄드 판은 만물의 정기로 통하는 지름길일세.

현자들은 이 세상이 다만 하나의 영상이요, 천상계의 투영일 뿐이라는 걸 알고 있었네. 이 세상이 존재한다는 사실은 이 세상보다 더 완벽한 세상의 존재를 보증해주는 것이지. 신은 눈에 보이는 것들을 통해 당신 영혼의 가르침과 당신의 경이로운 지혜를 깨달을 수 있게 하기 위해 이 세상을 창조하셨네. 그것이 바로 내가 '행동'이라고 부르는 것일세."

"제가 에메랄드 판을 이해해야 합니까?"

산티아고가 물었다.

"만일 그대가 어느 연금술 실험실에 있는 거라면, 아마도 지금이 에메랄드 판을 연구하기에 가장 적절한 순간일 것이네. 하지만 그대는 지금 사막에 있으니, 차라리 사막 속에 깊이 잠겨보게. 사막이 그대에게 깨달음을 줄 걸세. 사실 이 땅 위에 있는 거라면 무엇이든 그대에게 깨달음을 주겠지만 말이지. 사막을 이해하려고 할 필요는 없네. 모래 알갱이 하나를 들여다보기만 해도, 마음속에서 천지창조의 모든 경이를 볼 수 있을 것이니."

"사막 속으로 깊이 잠기려면 어떻게 해야 합니까?"

"그대의 마음에 귀를 기울이게. 그대의 마음이 모든 것을 알테니. 그대의 마음은 만물의 정기에서 태어났고, 언젠가는 만물의 정기 속으로 되돌아갈 것이니."

▲　▲　▲

그들은 침묵 속에서 이틀을 더 걸었다. 가장 격렬한 전투가 벌어지는 지역으로 다가가고 있던 터라, 연금술사는 전보다 훨씬 신중해진 모습이었다. 산티아고는 마음의 소리에 귀를 기울이려

애쓰고 있었다.

알 수 없는 것이 마음이었다. 예전에는 마음이 늘 어디로든 떠날 준비를 하고 있더니, 이제는 모든 것을 다 버리고서라도 어느한곳에 이르기를 원하고 있었다. 어떤 때는 향수로 가득한 이야기들을 오래도록 털어놓게 하고, 또 어떤 때는 사막의 해돋이에 동요되어 소리 죽여 흐느끼게 했다. 보물 얘기를 할 때면 거세게 뛰다가도, 그의 눈이 사막의 끝없는 지평선을 따라가다 길을 잃을 때면 다시 잠잠해졌다. 하지만 그가 연금술사와 단 한마디 말도 없이 길을 갈 때조차도 마음은 결코 고요히 있는 법이 없었다.

"어째서 우리는 자신의 마음에 귀를 기울여야 하는 거죠?"

야영 채비를 하면서 그가 물었다.

"그대의 마음이 가는 곳에 그대의 보물이 있기 때문이지."

"제 마음은 변덕스럽습니다. 꿈을 꾸는 듯하다가도 동요하고, 이제는 사막의 한 여인과 사랑에 빠져버렸습니다. 그녀 생각에 빠져 있을 때면, 마음은 이것저것 물어대며 숱한 밤을 잠 못 들게 합니다."

"좋아, 그건 그대의 마음이 살아 있다는 증거라네. 마음이 그대에게 말하려는 것에 귀를 기울이게."

사흘 동안, 두 사람은 많은 병사들과 마주쳤고, 지평선 쪽으로 또다른 병사들도 목격했다. 산티아고의 마음은 두려움을 말하기 시작했다. 마음은 그가 만물의 정기로부터 들은 얘기와, 자신의 보물을 찾아 떠났으나 끝내 찾지 못한 사람들의 얘기를 해주었다. 때로는 보물에 이르지 못하거나 사막에서 죽음을 맞을 수도 있다는 생각으로 그를 두려움에 빠뜨렸다. 그러다가, 이미 사랑을 만났고 수많은 금화를 얻었으므로 자신은 지금 이대로 만족한다고 털어놓기도 했다.

"제 마음은 참으로 간사합니다."

말들을 쉬게 하기 위해 잠시 멈춰 섰을 때, 그가 연금술사에게 말했다.

"마음은 제가 이대로 계속 가는 걸 원치 않아요."

"바로 그걸세. 그건 그대의 마음이 살아 있다는 증거일세. 그대가 마침내 얻어낸 모든 것들을 한낱 꿈과 맞바꾸는 데 두려움을 느끼는 건 당연한 일이지."

"그렇다면, 무엇 때문에 제가 제 마음의 소리에 귀를 기울여야 하는 거죠?"

"그대가 그대의 마음을 고요히 할 수 없기 때문이네. 아무리 그대가 듣지 않는 척해도, 마음은 그대의 가슴속에 자리할 것이고 운명과 세상에 대해 쉴새없이 되풀이해서 들려줄 것이네."

"제 마음이 이토록 저를 거역하는데도요?"

"거역이란 그대가 예기치 못한 충격이겠지. 만일 그대가 그대의 마음을 제대로 알고 있다면, 그대의 마음도 그대를 그렇게 놀라게 하지는 않을 걸세. 왜냐하면 그대는 그대의 꿈과 소원을 잘 알고, 그것들을 어떻게 이끌어가야 하는지도 알 것이기 때문이네. 아무도 자기 마음으로부터 멀리 달아날 수는 없어. 그러니 마음의 소리를 귀담아듣는 편이 낫네. 그것은 그대의 마음이 그대가 예기치 못한 순간에 그대를 덮치지 못하도록 하기 위함이야."

그는 사막의 길을 가는 내내 자기 마음의 소리에 귀를 기울였다. 마음이 부리는 술책과 꾀를 알게 되었고, 결국은 있는 그대로의 마음을 받아들였다. 그러자 두려움이 가시고, 되돌아가고 싶은 생각도 사라졌다. 어느 날 오후, 마음이 이제는 행복하다고 그에게 말해주었다.

'내가 때때로 불평하는 건, 내가 인간의 마음이기 때문이야. 인간의 마음이란 그런 것이지. 인간의 마음은 정작 가장 큰 꿈들이 이루어지는 걸 두려워해. 자기는 그걸 이룰 자격이 없거나 아니면 아예 이룰 수 없으리라고 생각하기 때문에 그렇지. 우리들, 인간의 마음은 영원히 사라져버린 사랑이나 잘될 수 있었지만 그렇게 되지 못했던 순간들, 어쩌면 발견할 수도 있었는데 영원히 모래 속에 묻혀버린 보물 같은 것들에 대한 생각만으로도 두려워서 죽을 지경이야. 왜냐하면 실제로 그런 일이 일어나면, 우리는 아주 고통받을 테니까.'

마음은 그렇게 말하고 있었다.

"내 마음은 고통받을까 두려워하고 있어요."

달이 뜨지 않은 어두운 하늘을 함께 올려다보고 있던 어느 날 그가 연금술사에게 말했다.

"고통 그 자체보다 고통에 대한 두려움이 더 나쁜 거라고 그대의 마음에게 일러주게. 어떠한 마음도 자신의 꿈을 찾아나설 때는 결코 고통스러워하지 않는 것은, 꿈을 찾아가는 매 순간이란 신과 영겁의 세월을 만나는 순간이기 때문이라고 말일세."

연금술사는 별을 바라보며 말했다.

'그래, 무언가를 찾아가는 매 순간이 신과 조우하는 순간인 거야. 내 보물을 찾아가는 동안의 모든 날들은 빛나는 시간이었어. 매 시간은 보물을 찾고자 하는 꿈의 일부분이라는 걸 나는 알고 있었어. 보물을 찾아가는 길에서, 나는 이전에는 결코 꿈꾸지 못했던 것들을 발견했어. 한낱 양치기에게는 처음부터 불가능한 것처럼 보이는 일들, 그래, 그런 것들을 감히 해보겠다는 용기가 없었다면 꿈도 꿀 수 없었을 것들을 말이야.'

그는 자기 마음에게 말했다.

그날 오후 내내 그의 마음은 평온했고, 그는 아주 편안하게 잠들었다. 다음날 눈을 뜨자, 그의 마음은 만물의 정기로부터 나온 이야기들을 들려주기 시작했다. 모든 행복한 인간이란 자신의 마음속에 신을 담고 있는 사람이라고 마음은 속삭였다. 연금술사가 말했던 것처럼, 행복이란 사막의 모래 알갱이 하나에서도 발견될 수 있다고 했다. 모래 알갱이 하나는 천지창조의 한순간이며, 그것을 창조하기 위해 온 우주가 기다려온 억겁의 세월이 담겨 있다고 했다.

'지상의 모든 인간에게는 그를 기다리는 보물이 있어. 그런데 우리들, 인간의 마음은 그 보물에 대해서는 거의 얘기하지 않아. 사람들이 보물을 더이상 찾으려 하지 않으니까 말이야. 그래서 어린아이들에게만 얘기하지. 그러고는 인생이 각자의 운명이 가리키는 방향으로 그들을 이끌어가도록 내버려두는 거야. 불행히도, 자기 앞에 그려진 자아의 신화와 행복의 길을 따라가는 사람은 거의 없어. 사람들 대부분은 이 세상을 험난한 그 무엇이라고 생각하지. 그리고 바로 그 때문에 세상은 험난한 것으로 변하는 거야. 그래서 우리들 마음은 사람들에게 점점 더 낮은 소리로 말하지. 아예 침묵하지는 않지만 우리는 우리의 얘기가 사람들에게 들리지 않기를 원해. 그건 우리가 가르쳐준 길을 따라가지 않았다는 이유로 사람들이 고통스러워하는 걸 바라지 않는다는 뜻이지.'

마음이 그에게 속삭였다.

"어째서 마음은 사람들에게 계속해서 자신의 꿈을 따라가야 한다고 말해주지 않는 거죠?"

그는 연금술사에게 물었다.

"그럴 경우, 가장 고통스러운 것은 마음이기 때문이지. 마음은 고통받는 걸 좋아하지 않네."

그날부터 그는 자신의 마음을 이해하게 되었다. 그는 마음에게 절대로 자신을 버리지 말아달라고 부탁했다. 자신이 꿈에서 멀어지려 하면, 자신을 가슴속에 꽉 붙잡아두고 경적의 신호를 보내달라고 말했다. 그러고는 마음의 신호가 들릴 때마다 꿈을 놓치지 않도록 주의하겠노라고 맹세했다.

그날 밤, 그는 이 모든 생각들을 놓고 연금술사와 얘기를 나누었다. 연금술사는 산티아고의 마음이 만물의 정기로 되돌아왔음을 알아차렸다.

"이제 저는 어떻게 해야 합니까?"

"피라미드가 있는 방향으로 계속 가게. 그리고 표지들에 주의를 기울이게. 그대의 마음은 이제 그대에게 보물을 보여줄 수 있게 되었으니."

"그것이 바로 제가 미처 모르고 있던 그 한 가지였습니까?"

"그건 아니네. 자, 이제는 때가 된 것 같으니 이야기해주지. 들어보게나.

누군가 꿈을 이루기에 앞서, 만물의 정기는 언제나 그 사람이 그 동안의 여정에서 배운 모든 것들을 시험해보고 싶어하지. 만물의 정기가 그런 시험을 하는 것은 악의가 있어서가 아니네. 그건 자신의 꿈을 실현하는 것 말고도, 만물의 정기를 향해 가면서 배운 가르침 또한 정복할 수 있도록 하기 위함일세. 대부분의 사람들이 포기하고 마는 것도 바로 그 순간이지. 사막의 언어로 말하면 '사람들은 오아시스의 야자나무들이 지평선에 보일 때 목말라 죽는다'는 게지.

무언가를 찾아나서는 도전은 언제나 '초심자의 행운'으로 시작되고, 반드시 '가혹한 시험'으로 끝을 맺는 것이네."

산티아고는 자기 고향의 오랜 속담 하나를 떠올렸다. '가장 어두운 시간은 바로 해 뜨기 직전' 이라는.

▲　▲　▲

이튿날, 위험을 알리는 첫번째 표지가 나타났다. 세 명의 병사가 다가와 그들에게 여기서 무얼 하고 있었느냐고 물었다.

"매와 함께 사냥을 나왔소이다."

연금술사가 대답했다.

"혹시 무기를 숨기고 있는지 수색을 해야겠소."

한 병사가 말했다.

연금술사는 아주 느긋하게 말에서 내렸다. 산티아고도 역시 그렇게 했다.

"왜 이리 돈이 많지?"

산티아고의 보따리를 뒤지던 병사가 물었다.

"피라미드까지 가는 데 필요한 여비입니다."

그는 대답했다.

연금술사의 짐을 뒤지던 병사는 액체로 가득 찬 작은 크리스털 플라스크와 달걀보다 약간 큰 노란색 유리알을 발견했다.

"이것들은 뭐요?"

"'철학자의 돌'과 '불로장생의 묘약'이오. 바로 연금술사들의 '위대한 업'이라오. 이 묘약을 마신 자는 결코 병들지 않을 것이며, 이 돌 한 조각만 있으면 그 어떤 쇠붙이도 금으로 만들 수 있다오."

아랍인 병사들은 어처구니가 없다는 듯 크게 웃음을 터뜨렸고, 연금술사도 그들을 보며 같이 웃었다. 병사들은 재미있는 사람이라고 생각했는지 별다른 트집 없이 짐과 함께 그들을 그대로 보내주었다.

"제정신이세요?"

병사들에게서 멀찍이 떠나왔을 때 산티아고는 휘둥그레진 눈으로 연금술사에게 물었다.

"어쩌자고 그런 말씀을 하셨어요?"

"그대에게 아주 간단한 세상의 법칙을 보여주기 위해서였네. 눈앞에 아주 엄청난 보물이 놓여 있어도, 사람들은 절대로 그것을 알아보지 못하네. 왜인 줄 아는가? 사람들이 보물의 존재를 믿지 않기 때문이지."

그들은 계속해서 사막을 걸어갔다. 산티아고의 마음은 점점더 고요해져갔다. 과거나 미래의 일에 대해 더이상 근심하지도 않았다. 그의 마음은 사막을 주시하고 그와 더불어 만물의 정기를 음미하는 것에 기꺼이 만족했다. 그와 그의 마음은 이제 서로를 배신할 수 없는, 절친한 친구가 되었다.

마음이 그에게 말을 걸 때는, 가끔씩 산티아고가 침묵에 묻힌 기나긴 날들을 지겹다고 느낄 때 격려하고 용기를 주기 위해서였다. 처음으로 마음은 그에게 그가 지닌 훌륭한 장점들에 대해 이야기해주었다. 양들을 버리고 자아의 신화를 찾아나선 용기와 크리스털 가게에서 보여주었던 열정 등을.

마음은 또한 그가 전혀 모르고 있던 이야기도 해주었다. 그것은 그의 곁에 아주 가까이 다가왔었지만 그가 전혀 깨닫지 못했던 위험에 관한 얘기였다.

어린 시절, 아버지의 권총을 몰래 훔쳤을 때, 권총을 숨기도록 한 것은 마음의 지혜였다. 그는 하마터면 그 권총에 맞아 크게 다칠 운명이었던 것이다. 어느 날 그가 들판 한가운데 쓰러져 신음했던 일도 마음은 떠올려주었다. 그때 그는 있는 대로 토하고 나서 들판에 쓰러져 죽은 듯이 아주 오랫동안 잠을 자고 있었다. 그런데 얼마 떨어지지 않은 곳에서 두 명의 강도가 그를 기다리고 있었다. 젊은 양치기가 모습을 드러내면 양떼를 빼앗고 그를 살해할 속셈이었는데, 그가 나타나지 않자 다른 길로 돌아간 거라고 생각하고는 사라져버렸던 것이다.

"마음은 언제나 사람들을 도와주나요?"

그가 다시 연금술사에게 물었다.

"주로 자아의 신화를 살아가는 사람들만 도와주지. 하지만 어린아이들, 술취한 사람들, 노인들도 도와준다네."

"그러니까, 제게 위험한 일이란 일어나지 않는다는 말씀이신 거죠?"

"단지 마음은 자신이 할 수 있는 최선을 다한다는 걸 말해주고 싶네."

어느 날 오후, 그들은 전쟁중인 한 부족의 야영지를 지나게 되었다. 흰옷으로 화려하게 차려입은 아랍인들이 완전무장을 하고 야영지 구석구석에 흩어져 있었다. 그들은 담배를 피우며 전투에 대해 떠들어대고 있었다. 두 나그네에게 주의를 기울이는 사람은 없었다.

"위험이랄 게 전혀 없군요."

부족의 야영지에서 조금 벗어났을 때 산티아고가 말했다.

그러자 연금술사는 버럭 화를 냈다.

"그대의 마음이 말하는 바를 신뢰하되, 그대가 사막에 있다는 것을 한시도 잊어서는 안 되네! 인간들이 전쟁을 벌일 때, 만물의 정기 또한 전장에서 울려퍼지는 피맺힌 비명을 듣고 있어. 하늘 아래 일어나는 모든 일들의 결과를 어찌 그대의 고통과 멀다 할 수 있겠는가."

'모든 것들은 하나야.'

그는 생각했다.

연금술사의 말이 옳다는 걸 증명해 보이기라도 하듯, 갑자기 두 명의 말탄 병사가 그들의 뒤에서 나타났다.

"더는 갈 수 없소. 당신들은 교전 지역에 들어와 있소."

"그리 멀리 가지는 않으리다."

두 병사의 눈을 똑바로 응시하며 연금술사가 대답했다.

병사들은 잠시 아무 말이 없더니, 기가 죽은 목소리로 계속 가도 좋다고 했다.

산티아고는 연금술사의 강렬한 눈빛에 매혹되어 그 눈싸움을 쭉 지켜보았다.

"눈빛으로 그들의 기를 꺾으셨군요."

"눈은 영혼의 힘을 보여주지."

연금술사가 대답했다.

옳은 말씀이라고 산티아고는 생각했다. 그제야 산티아고는 사막의 병사들 무리 중 누군가가 연금술사와 자신을 뚫어지게 쳐다보고 있었다는 걸 깨달았다. 얼굴을 제대로 알아볼 수 없을 정도로 먼 거리에서였지만 산티아고는 그 눈길을 느꼈다.

마침내 지평선을 따라 펼쳐진 어느 산맥을 넘어가고 있을 때, 연금술사가 무겁게 입을 열었다.

"이제 이틀 후면 피라미드에 도착하게 될 걸세."

산티아고는 숨이 멎는 느낌이었다.

"이제 곧 스승님과 헤어져야 하는 거라면, 제게 연금술을 가르쳐주십시오."

그의 목소리는 떨리고 있었다.

"연금술이라면 그대도 이미 알고 있네. 만물의 정기 속으로 깊이 들어가 만물의 정기가 우리 각자를 위해 예정해둔 보물을 찾아내기만 하면 되는 걸세."

"제가 알고 싶은 건 그게 아닙니다. 납을 금으로 바꾸는 기술을 말씀드리는 겁니다."

그러나 연금술사는 다시 사막의 침묵 속으로 들어간 듯 아무 말이 없었다. 그가 입을 연 것은 허기를 채우기 위해 멈춰 섰을 때였다.

"모든 우주만물은 진화한다네. 현자들에게 금이란 가장 진화한 형태의 금속이지. 그 이유는 묻지 말게, 나도 모르니까. 내가 아는 건 단지, 전래의 법은 언제나 옳다는 것일세. 사람들은 현자들의 말을 제대로 이해하지 못했네. 그 때문에 진화의 상징인 금이 전쟁의 신호가 되어버린 게지."

"사물들은 수많은 언어로 이야기합니다. 저는 낙타의 울음소리가 처음에는 그저 낙타의 울음소리였다가, 다음에는 위험을 알리는 신호로 바뀌고, 마침내는 다시 한낱 낙타의 울음소리로 돌아가는 것을 보았습니다."

하지만 그는 말을 멈추고 말았다. 연금술사는 이미 산티아고가 하려는 말을 모두 알고 있는 것 같았다.

"진정한 연금술사들을 나는 알고 있네. 그들은 실험실에 틀어박힌 채 자신들도 마치 금처럼 진화하고자 노력했지. 그래서 발견해낸 게 '철학자의 돌'이야. 어떤 한 가지 사물이 진화할 때 그 주위에 있는 모든 것들도 더불어 진화한다는 걸 그들은 알고 있었던 걸세.

또 어떤 이들은 우연히 그 돌을 발견해냈지. 그들에게는 재능이 있었고, 그들의 영혼이 다른 사람들의 영혼보다 더 깨어 있었던 게지. 하지만 그것은 매우 드문 일이어서 별로 의미가 없었네.

끝으로, 오직 금만을 찾으려는 자들이 있었네. 하지만 그들은 결코 그 비밀을 찾아내지 못했어. 납과 구리, 쇠에게도 역시 이루어야 할 자아의 신화가 있다는 걸 잊었던 걸세. 다른 사물의 자아의 신화를 방해하는 자는 그 자신의 신화를 결코 찾지 못하는 법이지."

연금술사의 말은 저주처럼 어둡게 메아리쳤다. 연금술사는 몸을 숙여 모래땅에 있는 소라껍질을 주워들었다.

"옛날에 이곳은 바다였네."

"저도 그런 소라껍질을 눈여겨보았습니다."

산티아고가 대꾸했다.

연금술사는 그에게 소라껍질을 건네며 귀에 가까이 대보라고 했다. 그는 어렸을 적에 수없이 그랬던 것처럼 소라껍질을 귀에 가져다댔다. 바다 소리가 들려왔다.

"바다는 언제나 그 소라껍질 속에 있네. 그게 바로 그 소라껍질의 자아의 신화이기 때문이지. 그리고 바다는 소라껍질을 결코 떠나지 않을 걸세. 이 사막이 또다시 파도로 뒤덮일 때까지 말일세."

그들은 다시 말에 올라 이집트의 피라미드를 향해 길을 재촉했다.


산티아고의 마음이 그에게 위험 신호를 보내온 것은 해가 뉘엿뉘엿 기울기 시작할 즈음이었다. 주변은 온통 광대한 모래언덕뿐이었다. 뭔가를 알아차리지 않았을까 싶어 연금술사를 쳐다보았지만 그는 아무것도 눈치채지 못한 듯했다. 그러나 그로부터 오 분도 채 지나지 않아, 산티아고는 바로 맞은편에서 달려오는 두 명의 말 탄 병사를 볼 수 있었다. 해를 등지고 달려오고 있어서 형체밖에 알아볼 수 없었다. 연금술사에게 뭐라 말을 건넬 틈도 없이, 병사들은 열 명으로, 백 명으로, 마침내는 광활한 모래 언덕들을 빽빽이 메울 만큼의 수로 늘어났다.

그들은 푸른 옷을 입고 있었고, 터번 주위에는 세 개의 검정색 고리가 매달려 있었다. 쏘아보는 두 눈만 남겨두고 온통 푸른 천으로 얼굴을 가리고 있었다.

어느 정도 떨어진 거리에서도 그들의 눈은 그들 영혼의 힘을 보여주고 있었다. 그리고 그들의 눈빛이 말하는 것은 바로 죽음이었다.

▲　▲　▲

그들은 부근에 있는 군대 주둔지로 끌려갔다. 병사 하나가 그들을 어느 천막 안으로 몰아넣었다. 오아시스에서 보았던 것과는 다른 종류의 천막이었다. 그곳에서는 부대 사령관이 참모진과 작전회의를 하고 있었다.

"첩자들이로군."

그들 중 누군가가 입을 열었다.

"단지 길을 가는 나그네일 뿐이오."

연금술사가 대답했다.

"사흘 전 너희가 적진에 있는 걸 보았다. 그때 너희는 적군과 이야기를 나누고 있었어."

"나는 사막을 걷고 별자리를 헤아리는 사람일 뿐, 군대나 부족들의 움직임에 대해서는 아무것도 모르오. 나는 단지 내 친구를 이곳까지 인도해왔을 뿐이오."

연금술사가 말했다.

"당신 친구는 뭘 하는 사람인가?"

사령관이 물었다.

"연금술사요. 자연의 힘을 아는 연금술사. 이 친구는 자신의 비상한 능력을 장군에게 보여주길 바라고 있소."

산티아고는 두려움에 질린 채 말없이 듣고만 있었다.

"이방인이 이 낯선 땅에 무엇 하러 왔나?"

또다른 누군가가 물었다.

"그대들의 부족에게 바칠 돈을 가져왔소이다."

산티아고가 무슨 말을 하기도 전에 연금술사가 끼어들었다.

그러고는 재빨리 그의 보따리를 낚아채더니 금화를 모조리 꺼내어 사령관에게 건넸다. 아랍인 사령관은 놀란 표정으로 말없이 금화를 받았다. 많은 무기를 살 수 있는 액수였다.

"연금술사란 게 뭐 하는 사람인가?"

마침내 사령관이 입을 열었다.

"자연과 세계를 아는 사람이오. 하려고만 한다면 바람의 힘만으로도 이 진지를 무너뜨릴 수 있소."

연금술사의 말에 그들은 모두 웃음을 터뜨렸다. 그들은 전쟁의 파괴적인 위력에 익숙해 있었고, 바람은 그렇게 치명적인 공격을 가하지 않는다는 것을 알고 있었다. 하지만 그러면서도 그들 모두는 내심 가슴을 졸이고 있었다. 그들은 사막의 사람들이어서 근본적으로 마법사에 대한 두려움이 있었던 것이다.

"저자가 하는 일을 한번 보고 싶군."

사령관이 말했다.

"사흘의 말미를 주시오. 이 친구는 단지 자신의 힘을 보여주기 위해 바람으로 변할 것이오. 만일 그렇게 하지 못하면 그대 부족의 영예를 위해 우리의 목숨을 기꺼이 바치겠소이다."

"이미 내 것인 너희의 목숨을 어떻게 내게 바친다는 것인가."

사령관은 거만하게 말하면서도, 그들에게 사흘의 시간을 허락했다.


산티아고는 겁에 질려 온몸이 얼어붙어버릴 지경이었다. 연금술사는 그의 팔을 꽉 잡아끌고서 막사 밖으로 데리고 나왔다.

"저들이 그대의 두려움을 눈치채지 못하게 해야 하네. 용감한 전사들이라 겁쟁이는 아주 경멸한다네."

연금술사가 말했다.

산티아고는 말을 잃었다. 겨우 말문이 열린 것은 연금술사와 함께 영내를 한참 돌아다니고 나서였다. 그들을 가두어둘 감옥 같은 것은 필요하지도 않았다. 아랍인들은 다만 그들이 타고 갈 말을 빼앗아두기만 하면 되었다.

세계는 헤아릴 수 없이 많은 만물의 언어를 또 한번 드러내 보였다. 이제까지는 끝없이 펼쳐진 자유의 공간이었던 사막이 절대로 넘어서지 못할 장벽으로 변해버린 것이었다.

"스승님은 제 보물을 모두 저들에게 주어버렸어요. 평생 모은 것인데!"

산티아고가 원망하듯 내뱉었다.

"그대가 목숨을 잃으면 그게 다 무슨 소용인가? 그대의 금화가 그대에게 사흘의 시간을 준 것이네. 돈으로 죽음을 미룰 수 있는 경우는 그리 흔치 않아."

그러나 그는 너무도 겁에 질려 있어 지혜의 경구 같은 것은 귀에 들어오지도 않았다. 그는 어떻게 해야 바람으로 변할 수 있는지 알지 못했다. 그는 연금술사가 아니었다.

연금술사는 병사에게 차 한 잔을 청해서는 산티아고의 팔목에 찻물을 조금 흘려주었다. 연금술사가 알아들을 수 없는 몇 마디 말을 중얼거리는 동안, 산티아고의 몸속으로는 평온한 파도가 잔잔히 밀려들었다.

"그대 자신을 절망으로 내몰지 말게. 그것은 그대가 그대의 마음과 대화하는 걸 방해만 할 뿐이니."

신비하리만큼 감미로운 목소리로 연금술사가 말했다.

"하지만 저는 바람으로 변하는 방법을 모릅니다."

"자아의 신화를 사는 자는 알아야 할 모든 것을 알고 있다네.

꿈을 이루지 못하게 만드는 것은 오직 하나, 실패할지도 모른다는 두려움일세."

"저는 실패가 두려운 게 아닙니다. 단지 저 자신을 바람으로 변하게 하는 방법을 모를 뿐이에요."

"그럼 배워야 하네! 그대의 목숨이 달렸으니."

"만일 제가 해내지 못하면요?"

"그대 자아의 신화를 살다가 죽게 되는 것이지. 자아의 신화가 존재한다는 것조차 모르고 죽음에 이르렀던 무수한 사람들보다는 훨씬 낫네. 정녕 걱정하지 말게. 대개 죽음에 대한 두려움은 사람들로 하여금 그들 자신의 생명을 더욱 돌아보게 만드는 법이니."

첫째 날이 지나갔다. 가까운 곳에서 엄청난 격전이 벌어졌고, 수많은 부상자들이 부대 안으로 후송되어왔다.

'죽음으로 바뀌는 것은 아무것도 없어.'

산티아고는 생각했다.

전사자들의 빈자리는 다른 병사들로 다시 채워지고, 삶은 계속되었다.

"좀더 살 수도 있었잖아, 이 친구야. 전쟁이 끝나고 평화가 찾아왔을 때 죽을 수도 있었다구. 하지만 자넨 어떻게든 어떤 식으로든 결국은 죽고 말 테지만."

한 병사가 전우의 시체를 내려다보며 말했다.

저물 무렵, 산티아고는 연금술사를 찾아갔다. 연금술사는 사막으로 매를 날려보내려던 참이었다.

"저는 바람으로 변할 줄 모릅니다."

그는 되풀이해서 말했다.

"그 동안 내가 그대에게 말한 것들을 기억하게. 이 세상은 신께서 만드신 것들 중 눈에 보이는 작은 부분에 지나지 않네. 연금술이란, 절대적인 영적 세계를 물질 세계와 맞닿게 하는 것일 뿐이지."

"스승께서는 지금 무엇을 하고 계시는 겁니까?"

"매에게 먹이를 찾아줄 참이었네."

"제가 바람으로 변하지 못하면 우리는 죽는데, 매에게 먹이를 주는 게 무슨 소용입니까?"

그는 절규하듯 물었다.

"누가 죽는단 말인가? 죽는 것은 그대일 뿐, 나는 바람으로 변할 줄 안다네."

연금술사는 아무렇지도 않다는 듯 가볍게 대꾸하고 매를 사막으로 날려보냈다.

둘째 날, 산티아고는 부대 근처에 있는 바위 꼭대기로 올라갔다. 보초들은 그가 돌아다니도록 내버려두었다. 그들은 바람으로 변한다는 마법사 얘기를 들은 적이 있어서 그에게 가까이 가려 하지 않았다. 게다가 사막은 절대로 넘을 수 없는 어마어마한 장벽이었다.

　그는 둘째 날의 나머지 오후 시간을 우두커니 사막을 바라보며 보냈다. 그는 자기 마음에 귀를 기울였다. 그러자 사막이 그의 마음속에 도사린 두려움을 같이하고 있음을 알아차릴 수 있었다.

　사막과 마음은 하나의 언어로 말하고 있었던 것이다.


　셋째 날, 사령관은 참모들과 막사에서 회의를 끝내고 연금술사를 불렀다. 연금술사가 나타나자 그는 기다렸다는 듯 입을 뗐다.

　"당신 젊은 친구가 바람으로 변하는 걸 보러 가볼까."

　"그렇게 합시다."

　연금술사는 시원스럽게 대답했다.

　산티아고는 전날 자신이 갔던 바위 꼭대기로 그들을 데려가서, 모두들 앉아달라고 말했다.

　"시간이 조금 걸릴 겁니다."

　산티아고가 말했다.

　"급할 것 없어. 우리는 사막의 사내들이니까."

　사령관이 대답했다.


　산티아고는 맞은편에 펼쳐진 지평선으로 눈을 돌렸다. 저 멀리 산들이 보이고, 모래언덕과 바위들, 생존이 불가능할 것 같은 곳에서 악착같이 목숨을 지탱해가는 몇몇 식물들이 보였다. 그곳은 사막이었다. 수개월 동안 걸어온 사막, 하지만 그는 그 사막의 일부만을 알고 있을 뿐이었다. 그 사막의 작은 한 부분에서 그는 영국인과 대상 무리를 만났고, 부족들의 전쟁을 보았으며, 오만 그루의 야자나무와 삼백 개의 우물이 있는 오아시스를 만났다.

'오늘은 내게서 무엇을 구하려고 왔는가? 우린 어제 충분히 서로를 바라보지 않았는가?'

사막이 물었다.

'너의 어느 곳엔가 내가 사랑하는 여인이 있어. 내가 너의 광활한 모래평원을 바라볼 때, 나는 그녀를 바라보고 있는 거야. 나는 그녀에게로 돌아가고 싶고, 내가 바람으로 변하는 데는 네 도움이 필요해.'

'사랑이 뭐지?'

사막이 물었다.

'사랑은 매가 너의 모래땅 위를 나는 것과 같은 거야. 매에게는 네가 푸른 초원이지. 너의 그 푸른 초원에서 매는 늘 먹이를 얻어 돌아가지. 매는 너의 바위들과 모래언덕들, 너의 산들을 알고 있고, 너는 늘 매에게 관대하지.'

'그래, 매의 부리는 언제나 나의 조각들을 떼어가. 몇 년에 걸쳐 나는 매의 먹이들을 길러내고, 내가 가진 조금뿐인 물을 나누어주고, 어느 곳에 먹이가 있는지 보여준 셈이야. 내가 나의 모래땅에서 기른 생명들에 정이라도 들라치면 정말 귀신처럼 하늘에서 쏜살같이 내려와 싹 낚아채버린단 말이야.'

'하지만 바로 그 때문에 네가 그 생명들을 기른 거잖아. 매에

게 먹이로 주려고. 그럼 매는 사람의 먹이가 되고 또 사람은 언젠
가 네 모래의 먹이가 되는 거지. 그럼 거기서 또다시 매의 먹이가
태어나는 거고. 만물은 그렇게 순환하는 거야.'

그가 대답했다.

'그런 게 사랑이야?'

'그래, 그게 사랑이야. 그 사랑이 바로 모래 위의 생명들을 매
로 변하게 하고, 매를 사람으로, 사람을 다시 사막으로 변하게 하
는 거지. 그 사랑이 납을 금으로 변화시키고, 다시 금을 대지로
되돌려주는 힘인 거야.'

'무슨 말인지 전혀 모르겠어.'

사막이 낮은 소리로 중얼거렸다.

'좋아, 그렇지만 적어도 너의 모래가 펼쳐져 있는 어딘가에서
한 여인이 나를 기다리고 있다는 걸 이해할 수는 있을 거야. 그녀
의 기다림에 응답하기 위해서 나는 바람으로 변해야만 해.'

사막은 잠시 아무 말이 없었다.

'바람이 불 때 내 모래들이 잘 날릴 수 있게는 해줄 수 있지만,
나 혼자서는 아무것도 할 수 없어. 바람에게 도움을 청해봐.'


산들바람이 불기 시작했다. 부대의 지휘관들은 멀리서 미지의
언어로 이야기하는 청년을 바라보고 있었다.

연금술사는 조용히 미소지었다.

바람이 산티아고에게로 다가와 그의 얼굴을 조용히 어루만졌다. 그와 사막의 대화를 들었던 것이다. 바람은 세상 모든 일을 알고 있었다. 태어나는 곳도 사멸하는 곳도 없이 바람은 그저 세상을 돌아다니고 있었던 것이다.

'나를 도와줘, 바람아. 언젠가 너를 통해 내 사랑하는 여인의 목소리를 들었어.'

그가 바람에게 말했다.

'누가 너에게 사막과 바람의 언어를 가르쳐준 거야?'

'내 마음이.'

그의 대답이었다.

바람에겐 여러 가지 이름이 있었다. 그곳에서는 바람을 시로 코라고 불렀는데, 아랍인들은 바람이 흑인들이 거주하는 습한 대지로부터 불어온다고 믿었던 것이다. 청년이 떠나온 머나먼 고장에서는 바람을 레반터라고 불렀다. 바람이 사막의 모래와, 무어 족의 전장에서 울려퍼지는 비명 소리를 실어온다고 믿었기 때문이었다. 양들이 풀을 뜯어먹으며 자라는 초원 너머에서 사는 사람들은 바람이 어쩌면 다른 곳, 안달루시아 평원에서 불어오는 거라고 생각하는지도 몰랐다. 그러나 바람은 태어나는 곳도 없고, 어디론가 가야 하는 곳이 있는 것도 아니어서 사막보다 훨씬 강력한 힘을 지니고 있었다. 언젠가 사람들이 사막에 나무를 심고 심지어는 양떼를 기를 수 있게 된다 하더라도, 결코 바람을 다스리지는 못할 터였다.

'너는 바람이 될 수 없어. 우리는 너무도 다른 존재야.'

바람이 말했다.

'그렇지 않아. 너와 함께 세상을 떠돌아다니며 나는 연금술의 비밀을 알게 되었어. 내 안에는 바람과 사막, 태양, 별들 그리고 우주에서 창조된 모든 만물이 존재하고 있어. 우리는 오직 한 분의 손으로 빚어졌고, 우리에게는 같은 영혼이 있는 거야. 나도 너처럼 되어, 세상 어디로든 스며들고, 바다를 건너, 내 보물을 뒤덮고 있는 모래들을 날려버리고, 내 사랑하는 사람의 목소리를 내 곁으로 가까이 실어오고 싶어.'

'지난번에 네가 연금술사와 하던 얘기를 들었지. 연금술사가 말했잖아. 모든 사물에는 저마다 고유한 자아의 신화가 있다고. 사람은 바람으로 변할 수 없어.'

'바람이 되는 법을 가르쳐줘. 아주 잠깐이면 돼. 인간과 바람의 무한한 가능성에 대해 우리 서로 이야기를 나눌 수 있게 말이야.'

바람은 호기심이 많았고, 청년이 말한 것은 바람이 모르던 얘기였다. 바람은 방금 청년이 말한 것에 대해 이야기를 나누고 싶었지만, 인간을 바람으로 변하게 하는 방법은 몰랐다. 하지만 바람은 얼마나 많은 것들을 이미 알고 있던가! 바람은 사막을 만들어내고 배들을 침몰시키고, 숲 전체를 파괴할 수도 있었다. 음악과 기괴한 소음으로 가득 찬 도시들을 유유히 지나다닐 수도 있었다. 바람은 자신에게 한계가 없다고 믿고 있었는데, 갑자기 한 청년이 나타난 것이다. 바람이 또다른 것들을 할 수 있다고 단언하는 한 청년이.

'그건 사랑이라고 하는 거야. 사랑을 할 때 우리는 천지만물 중의 그 어느 것이라도 될 수 있어. 사랑을 할 때 우리는 세상에서 일어나는 모든 일들을 이해할 수가 있어. 모든 게 다 우리 마음속에서 일어나니까. 심지어 인간이 바람으로 변할 수도 있어. 물론 바람이 도와줘야겠지만.'

바람이 자신의 말에 설득되고 있다는 걸 느끼며 청년이 말했다.

바람은 청년의 얘기에 자존심이 상했다. 조금씩 오기가 생겨났다. 바람은 세차게 스스로를 움직여 사막의 모래들을 일으켰다. 하지만 바람은 아무리 온 세상을 돌아다녔어도, 어떻게 해야 인간을 바람으로 변하게 할 수 있는지 모른다는 걸 결국 인정해야만 했다. 그리고 바람은 사랑이 무언지도 알지 못했다.

'세상을 돌아다니는 동안, 나는 숱한 사람들이 하늘을 올려다보며 사랑을 이야기하는 걸 보았어. 어쩌면 하늘한테 물어보는 게 나을지도 몰라.'

자신의 한계를 받아들여야 하는 것에 분을 삭이지 못하며 바람이 이야기했다.

'그렇다면 그렇게 하도록 나를 도와줘, 바람아. 내가 해를 쳐다봐도 눈이 멀지 않도록, 이곳을 모래먼지로 가득 채워줘.'

그러자 사방에서 아주 거세게 바람이 불어오기 시작했고, 하늘은 모래먼지로 뒤덮였다. 해가 있던 자리에는 금빛 햇무리만이 남았다.

부대 안에서도 눈앞의 사물들을 알아보기 어려울 정도로 모래 먼지가 가득히 피어올랐다. 사막의 사람들이라면 익히 알고 있는 바람이었다. 시뭄이라 불리는 그 바람은 바다의 폭풍우보다 더 광포한 것이었다. 말들이 울어대고, 무기들이 모래에 파묻히기 시작했다.

바위 위에서 한 지휘관이 사령관을 돌아보며 말했다.

"아무래도 이쯤에서 그만두는 게 좋겠습니다!"

이미 청년의 모습을 분간하기도 어려울 지경이었다. 공포 어린 눈만이 푸른 천으로 가려진 군인들의 얼굴에서 어렴풋이 빛나고 있었다.

"그만두라고 명령하시지요."

다른 지휘관이 재차 졸라댔다.

"나는 알라 신의 위대함을 보고 싶네. 인간이 바람으로 변하는 것을 보고 싶단 말일세."

사령관의 목소리에는 외경심마저 담겨 있었다.

사령관은 겁에 질린 두 장교의 이름을 기억에 새겨두었다. 바람이 잦아드는 즉시, 그들을 지휘관직에서 강등시킬 생각이었다. 사막의 남자들은 두려움을 느껴서는 안 되었다.


'네가 사랑을 알 거라고 바람이 말해줬어. 만일 네가 사랑을 안다면, 만물의 정기 또한 알고 있을 거야. 만물의 정기는 사랑으로 이루어진 것이니까.'

산티아고는 해에게 말했다.

'내가 있는 이곳에서는 만물의 정기를 볼 수 있어. 그 정기는 내 영혼과 대화를 나누지. 우리 둘은 식물들이 자라나고, 양들이 그늘을 찾아갈 수 있도록 길을 안내해. 내가 있는 이 자리는 세상에서는 아주 먼 곳이지만, 나는 여기서 사랑하는 법을 배웠어. 내가 지구에 조금만 더 가까이 가면, 지구에 있는 모든 것들은 죽어버리고, 만물의 정기도 사라져버릴 거라는 걸 난 잘 알아. 그래서 우리는 떨어져 서로를 바라보며 사랑을 해. 나는 만물의 정기에게 생명과 온기를 주고, 만물의 정기는 내게 존재의 이유를 주지.'

해가 말했다.

'넌 사랑을 아는구나.'

'난 만물의 정기도 알아. 함께 우주를 끝없이 여행하며 오랜 대화를 나누었거든. 만물의 정기가 말했어. 광물과 식물들만이 만물이 모두 하나라는 걸 이해하고 있다고 말이야. 아 물론 그렇다고 해서, 쇠가 구리와 비슷해지거나 구리가 금과 똑같아질 필요는 없어. 각각의 물질은 그 고유한 개별성 속에서 자신의 정확한 몫만 수행하면 되는 거야. 그 모든 것을 기록한 신의 손이 천지창조의 닷새째에 멈추었다면, 만물은 평화의 교향곡이 되었을 거야. 그러나 천지창조는 엿새째에도 계속되었어.'

'너는 먼 곳에서 만물을 바라보기 때문에 정말 지혜로워. 하지만 사랑은 모르는 것 같구나. 천지창조의 엿새째가 없었다면 인간은 이 세상에 존재하지 않았을 테고, 구리는 언제나 구리이고,

납은 언제까지고 납일 수밖에 없었을 거야. 만물에게는 저마다 자아의 신화가 있고, 그 신화는 언젠가 이루어지지. 그게 바로 진리야. 그래서 우리 모두는 더 나은 존재로 변해야 하고, 새로운 자아의 신화를 만들어야 해. 만물의 정기가 진정 단 하나의 존재가 될 때까지 말이야.'

그는 스스로에게 확인하듯 조용히 말했다.

해는 청년의 말을 한참 새기는 눈치더니, 한층 환하게 빛나기 시작했다. 둘의 대화를 주의깊게 듣고 있던 바람 역시 자신의 역할을 잊지 않았다는 듯, 해가 청년의 눈을 멀게 하지 못하도록 더욱 거세게 불어댔다.

'바로 그게 연금술의 존재 이유야. 우리 모두 자신의 보물을 찾아 전보다 더 나은 삶을 살아가는 것, 그게 연금술인 거지. 납은 세상이 더이상 납을 필요로 하지 않을 때까지 납의 역할을 다하고, 마침내는 금으로 변하는 거야.

연금술사들이 하는 일이 바로 그거야. 우리가 지금의 우리보다 더 나아지기를 갈구할 때, 우리를 둘러싼 모든 것들도 함께 나아진다는 걸 그들은 우리에게 보여주는 거지.'

'그런데 어째서 내가 사랑을 모른다고 말하는 거지?'

해가 물었다.

'왜냐하면 사랑은 사막처럼 움직이지 않는 것도 아니고, 바람처럼 세상을 돌아다니는 것도 아니야. 그렇다고 너처럼 멀리서 만물을 지켜보는 것도 아니지. 사랑은 만물의 정기를 변화시키고 고양시키는 힘이야. 처음으로 그 힘을 느꼈을 때, 난 그것이 완벽한 것일 거라고 생각했어. 하지만 그것은 모든 피조물들의 반영이며, 만물의 정기에도 투쟁과 열정이 있다는 걸 곧 깨달았어. 만물의 정기를 키우는 건 바로 우리 자신이야. 우리가 살아가는 이 세상도 우리의 모습에 따라 좋아지거나 나빠지는 거지. 사랑은 바로 거기서 힘을 발휘해. 사랑을 하게 되면 항상 지금의 자신보다 더 나아지고 싶어하니까.'

'내게서 뭘 기대하는 거야?'

해가 다시 물었다.

'바람으로 변할 수 있게 도와줘.'

그가 대답했다.

'모두들 내가 모든 피조물들 중에서 가장 지혜롭다고 하지만, 난 너를 바람으로 변하게 하는 방법은 몰라.'

'그럼 이제 누구에게 얘기해야 하는 거지?'

해는 잠시 아무 말이 없었다. 가까이서 둘의 얘기를 듣고 있던 바람은 해의 지혜에도 한계가 있다는 사실을 당장이라도 온 세상에 알리고 싶어 몸이 들썩였다. 하지만 만물의 언어로 이야기하는 그 청년에게서 벗어날 수가 없었다.

'이 모든 것을 기록하신 그 손을 찾아가봐.'

해가 말했다.


바람은 기쁨에 들떠 소리를 지르며 그 어느 때보다도 격렬하게 불어댔다. 모래 위에 세워져 있던 천막들이 무너지고, 짐승들은 고삐가 풀려 제멋대로 날뛰었다. 바위 위에 앉아 있던 사람들은 바람에 휩쓸리지 않으려고 서로의 몸을 부둥켜안으며 안간힘을 쓰고 있었다.

산티아고는 천지만물을 기록한 그 손을 향해 돌아섰다. 그 순간 그는 온 우주가 침묵 속에 잠긴 것을 느낄 수 있었다. 그는 절대 고요 속에 자신을 내맡겼다.

사랑의 격류가 가슴속에서 용솟음쳤다. 그는 조용히 두 손을 모았다. 그것은 이제껏 한 번도 해본 적이 없는 기도였다. 아무 말도, 아무런 간구도 없는 기도였다. 양떼가 초원을 만나게 된 것에 대한 감사도 아니었고, 크리스털을 더 많이 팔게 해달라는 간구도 아니었으며, 우연히 만났던 그 여인이 끝까지 자신을 기다리게 해달라는 소망도 아니었다.

고요 속에서, 그는 사막과 바람과 해 역시 그 손이 기록해놓은 표지들을 찾고 있으며, 각자의 길을 좇아 단 하나의 에메랄드에 새겨진 그 무엇을 이해하려 애쓰고 있음을 깨달았다. 대지와 우주 공간에 흩어져 있고, 겉으로 보기엔 아무 존재 이유도 의미도 없어 보이는 그 표지들이 어떻게 이 세상에 생겨났는지 사막도 바람도 해도, 그리고 세상 사람 어느 누구도 모르고 있다는 것을 그는 알았다. 다만 그 손만이 그 모든 표지들의 유일한 이유이며, 오직 그 손만이 바다를 사막으로, 사람을 바람으로 변하게 하는 기적을 빚을 수 있었다. 천지창조가 이루어진 6일이 '위대한 업'으로 변할 때까지 우주를 움직인 지고의 섭리를 오직 그 손만이 이해하고 있었던 것이다.

그는 만물의 정기 속으로 깊이 침잠해들어가, 만물의 정기란 신의 정기의 일부이며, 신의 정기가 곧 그 자신의 영혼임을 깨달았다.

바로 그 순간, 그는 자신이 기적을 이루어낼 수 있다는 걸 알았다.

그날 시뭄이 불었다. 단 한 번도 분 적이 없었던 것처럼 맹렬하게. 그후 한 청년이 사막에서 가장 높은 사령관의 권위에 도전했으며, 마침내 바람으로 변해 부대를 휩쓸어버릴 뻔했다는 전설은 여러 세대에 걸쳐 아랍인들의 입에서 입으로 두고두고 회자되었다.

시뭄이 잠잠해졌을 때, 모두가 청년이 있던 자리로 눈길을 돌렸지만 그의 모습은 보이지 않았다. 그는 막사 저편, 거의 모래에 묻혀 있다시피 한 보초 옆에 조용히 서 있었다.

모두들 마법의 위력에 몸서리쳤다. 오직 두 사람, 연금술사와 사령관만이 미소짓고 있었다. 진정한 제자를 만난 기쁨이 연금술사의 것이라면, 신의 영광을 알고 있는 젊은이를 만난 기쁨은 사령관의 것이었다.

　다음날, 사령관은 청년과 연금술사에게 정중히 작별 인사를 하고는 부하들에게 두 사람이 원하는 곳까지 호위를 명령했다.

▲　▲　▲

　그들은 다시 하루 종일 말을 달렸다. 해질 무렵 그들이 도착한 곳은 어느 수도승의 집 앞이었다. 연금술사는 호위대를 돌려보내고 말에서 내렸다.

　"여기서부터는 그대 혼자서 가게. 이제 세 시간만 가면 피라미드일세."

　"스승님, 고맙습니다. 스승님은 제게 만물의 언어를 가르쳐주셨습니다."

　"그대가 이미 알고 있던 것을 깨우쳐주었을 뿐이지."

　연금술사가 문을 두드리자 온통 검게 차려입은 한 수도승이 밖으로 나왔다. 두 사람은 잠깐 동안 콥트어*로 이야기를 주고받았다.

　"부엌을 잠시 쓸 수 있게 해달라고 청했네."

　연금술사가 말했다.

　그들은 수도승의 부엌으로 들어갔다. 연금술사가 불을 피우는

---

* 이집트 원주민의 언어.

사이, 수도승은 약간의 납을 가져왔다. 연금술사는 쇠로 만든 그릇에 납을 녹였다. 납이 다 녹아 액체가 되자, 연금술사는 짐보따리에서 미묘한 노란색 유리알을 꺼내 머리카락 두께 정도의 얇은 막을 벗겨내고 밀랍으로 둘러싼 후 녹인 납이 담겨 있는 쇠 그릇에 던져넣었다.

잠시 후 녹인 납과 유리알이 뒤섞여 만들어진 혼합물은 거의 핏빛에 가까운 붉은빛을 띠기 시작했다. 연금술사는 그릇을 불에서 내려놓고 열을 식혔다. 열이 식기를 기다리며 연금술사는 부족들의 전쟁에 대해 수도승과 이야기를 나누었다.

"전쟁은 오래도록 계속될 거요."

연금술사가 수도승에게 말했다.

수도승은 진저리를 치며, 예전에 그가 동행했던 대상단이 기자 지역에서 발이 묶인 채 전투가 끝나기만을 하염없이 기다리던 얘기를 들려주었다.

"그러나 결국 신의 섭리에 따라 이루어질 테지요."

수도승이 말했다.

"이를 말이겠소."

연금술사가 대답했다.

그릇의 열이 다 식었을 무렵, 수도승과 산티아고는 무심코 그릇을 들여다보다가 깜짝 놀랐다. 눈부시게 빛나는 물체가 거기 있었다. 녹았던 납이 그릇 모양을 따라 둥그렇게 굳어 있었는데, 그것은 더이상 납이 아니었다. 바로 금이었다.

"언제쯤이면 제가 이것을 배울 수 있을까요?"

산티아고는 경탄과 감동을 누르며 물었다.

"이것은 내 자아의 신화이지, 그대 자아의 신화가 아닐세. 난 그저 이러한 일이 가능하다는 걸 보여주려 했을 뿐이네."

연금술사가 대답했다.

그들은 다시 길을 떠나기 위해 일어섰다. 문 앞에서 연금술사는 그 둥그런 금판을 네 조각으로 나누었다. 연금술사는 그중 한 조각을 수도승에게 내밀며 말했다.

"이건 당신 몫이오. 순례자에게 베풀어준 친절에 대한 보답이오."

"아무것도 해드린 게 없는데 너무 과분한 것을 주시는구려."

수도승이 답례했다.

"다시는 그런 말씀 마시오. 하늘이 그 얘기를 듣는다면, 다음번에는 당신 몫이 적어질 테니."

연금술사는 이렇게 말하고 산티아고 쪽으로 몸을 돌렸다.

"이것은 그대 몫이네. 사령관의 손에 넘긴 금을 돌려주는 것일세."

그는 자신이 빼앗긴 것에 훨씬 못 미치는 양이라고 말하려다 그만두었다. 연금술사가 수도승에게 한 말을 그도 들었던 것이다.

"이것은 내 몫이오. 부족간의 전쟁이 계속되고 있는 사막을 가로질러 되돌아가야 하기 때문이오."

연금술사는 자기 몫의 금조각을 챙기고는, 네번째 조각을 집어 다시 수도승에게 건넸다.

"이것은 이 청년의 몫이오. 그가 필요로 할 때를 대비해서 당신에게 맡겨두는 것이오."

"하지만 저는 제 보물을 찾아가고 있습니다. 이제 거의 다 온 것 아닙니까."

"그래, 그대는 분명 보물을 찾을 것이네."

"그런데 어째서 금을 예비로 남겨둬야 하는 거죠?"

"그것은 그대가 이미 그대의 돈을 두 번씩이나 잃었기 때문일세. 여행중에 생긴 재물을 한번은 도둑에게, 또 한번은 사령관에게 빼앗기지 않았는가. 나는 미신을 잘 믿는 늙은 아랍인일세. 내가 믿고 있는 이 땅의 속담이 있지. '한 번 일어난 일은 다시는 일어나지 않을 수도 있다. 그러나 두 번 일어난 일은 반드시 다시 일어난다.'"

그들은 각자의 말에 올라탔다.


"그대에게 꿈에 대한 이야기를 하나 해주고 싶네."

아직 동행할 거리가 남았는지 연금술사는 말머리를 돌리지 않았다.

산티아고는 말을 몰아 그의 곁으로 바싹 다가갔다.

"옛날 로마 티베리우스 황제 시절에 아주 착한 사람이 살고 있었네. 그에게는 아들이 둘 있었는데, 그중 한 아들은 군인이 되어 제국에서 가장 멀리 떨어진 외지로 보내졌네. 또다른 아들은 시인이었지. 아름다운 시로 전 로마를 매혹시켰다네.

227

어느 날 밤, 그는 꿈을 꾸었어. 천사가 나타나서 말하기를, 그의 아들 중 하나가 온 세상에 알려져 앞으로 올 모든 세대가 두고 두고 그의 이야기를 전하게 될 거라고 했네. 그는 기쁨의 눈물을 흘리며 잠에서 깨어났지. 자신에게 자비를 베푸는 삶, 이 세상 어느 아버지라도 자랑스러워할 계시를 내려준 하늘에 감사하는 감격의 눈물이었지.

그 일이 있고 얼마 안 되어, 그는 지나가는 마차 바퀴에 깔릴 뻔한 어린아이의 생명을 구하고 대신 죽었어. 평생을 정의롭고 정직하게 살아온 덕분에, 그는 곧바로 천국으로 올라갔고, 꿈에 보았던 그 천사를 만났지.

'당신은 진실로 선한 사람이었어요. 당신은 사랑으로 가득 찬 삶을 살았고 고귀한 죽음을 맞이했습니다. 어떤 소원이든 말씀해보세요. 뭐든지 들어드릴 테니까요.'

천사가 그에게 말했네.

'저는 아주 복된 삶을 살았답니다. 천사님이 제 꿈에 나타났을 때, 저는 모든 수고가 헛되지 않았다는 걸 깨달았지요. 제 아들의 시가 앞으로 올 모든 세대의 기억 속에 남게 되리라는 걸 알았으니까요. 저 자신을 위해서는 아무것도 바랄 게 없어요. 다만, 모든 아비들은 어릴 때는 정성껏 보호해주고 자라면서는 올바르게 가르치려 했던 제 자식의 명성을 직접 눈으로 확인할 때 기운이 솟구치는 법이지요. 먼 훗날 제 아들놈이 어떤 평판을 듣게 되는지 알고 싶군요.'

천사가 노인의 어깨를 살며시 잡았고, 둘은 먼 미래로 날아갔다네. 그들 앞에 거대한 광장이 나타났네. 그곳에는 수천 명의 사람들이 모여서 알아들을 수 없는 낯선 말로 이야기를 나누고 있었지.

그는 기쁨에 찬 눈물을 흘렸네.

'전 제 아들의 아름다운 시가 영원히 후세에 남으리라는 걸 알고 있었답니다. 이 사람들이 제 아들의 시 중에서 어떤 걸 읊고 있는지 말씀해주시겠습니까?'

그는 눈물이 그렁그렁한 눈으로 천사를 바라보며 말했다네.

천사는 그를 광장에 있는 벤치로 안내한 뒤 말했지.

'당신 아들의 시는 로마인들에게 인기가 높았어요. 모두 그의 시를 좋아했고 즐거이 노래했어요. 하지만 티베리우스 황제의 통치가 끝나자, 그의 시도 함께 잊혀졌지요. 여기 있는 이 사람들은 지금 그 시인 아들이 아니라, 군인이 되었던 당신의 다른 아들에 대해 이야기하고 있는 것이랍니다.'

그는 놀라서 천사를 바라보지 않았겠나.

'당신 아들은 아주 먼 곳으로 배치되어 갔고, 그곳에서 백부장*이 되었지요. 그 또한 아주 정의롭고 선한 사람이었어요. 어느 날 오후, 그의 하인 하나가 병들어 사경을 헤매고 있었어요. 그때 당신 아들은 어느 랍비가 사람들의 병을 낫게 해준다는 소문을 들

---

\* 로마 시대 군 지휘관. 백 명의 군사로 이루어진 부대의 우두머리.

고 몇 날 며칠 말을 달려 그 사람을 찾아갔어요. 도중에 그는 그가 찾고 있는 랍비가 신의 아들이라는 사실을 알게 되었지요. 그 랍비 덕분에 병을 고친 사람들을 만나 그분의 가르침을 전해듣게 된 그는 로마 제국의 백부장이라는 높은 신분에도 불구하고 그분에 대한 믿음에 자신을 맡기게 되었답니다. 어느 날 아침, 마침내 그는 랍비가 있는 곳에 도착했어요.

그는 자기 하인 하나가 병에 걸려 죽어가고 있다고 말했지요. 그러자 랍비는 곧 떠날 채비를 했어요. 당신 아들은 믿음이 깊은 사람이었지요. 주위에 있던 사람들이 모두 자리에서 일어섰을 때, 그는 랍비의 그윽한 눈을 들여다보며 자신이 진정 신의 아들과 마주하고 있다는 것을 깨달았답니다. 그때 당신 아들은 이렇게 말했어요. 영원히 기억될 말이었지요. '주여, 주께서 제 집에 들어오시는 영광이 제게는 과분할 따름이옵니다. 부디 한 말씀만 해주시옵소서. 그리하면 제 하인이 나을 것이니.'"

연금술사는 말의 고삐를 당겼다.
"무엇을 하는가는 중요치 않네. 이 땅 위의 모든 이들은 늘 세상의 역사에서 저마다 중요한 역할을 하고 있으니. 다만 대개는 그 사실을 모르고 있을 뿐이지."
산티아고는 연금술사의 얘기에 미소로 대답했다. 그는 한낱 양치기에게도 삶에 대한 질문이 그토록 중요할 수 있다는 걸 예전에는 결코 상상도 하지 못했었다.

"잘 가게."

"안녕히 가십시오."

▲  ▲  ▲

그는 자신의 마음이 속삭이는 얘기에 온통 귀를 기울이며 계속 말을 타고 사막을 달렸다. 오직 자신의 마음만이 보물이 숨겨진 정확한 장소를 알려줄 터였다.

"그대의 보물이 있는 곳에 그대의 마음 또한 있을 것이네."

연금술사는 말했었다.

그러나 그의 마음은 보물과는 무관한 다른 이야기를 하고 있었다. 그의 마음이 자랑스레 들려주는 이야기는, 두 차례 꾸었던 같은 꿈을 좇아 양떼를 버리고 길을 떠난 어느 양치기에 대한 것이었다. 그의 마음은 또한 자아의 신화와, 시대적 편견에 사로잡힌 사람들에 맞서 머나먼 땅이나 아름다운 여인을 찾아 떠나갔던 많은 이들의 전설을 이야기했다. 그리고 지금까지의 여정에서 만났던 새로운 발견들, 책들, 여러 변화에 대해 이야기했다.

그러다 그가 어느 모래언덕을 오르려 할 때, 그제야 비로소 그의 마음이 그에게 속삭였다.

'네가 울음을 터뜨리게 될 장소를 그냥 지나치지 마. 그 자리가 바로 내가 있는 곳이고, 네 보물이 있는 곳이니까.'

그는 모래언덕을 아주 천천히 오르기 시작했다. 별들이 총총한 밤하늘은 또다시 얼굴을 내민 보름달에 환히 밝혀져 있었다. 오아시스에서 떠나온 지 한 달이 되어가고 있었다. 모래언덕을 비추는 달빛은 물결 모양의 그림자들을 드리우며 사막을 파도치는 바다로 바꾸어놓았다. 그 광경은, 어디선가 갑자기 말을 타고 나타났던 연금술사, 그 현인을 처음으로 대면했던 그날 그 밤을 떠올리게 했다. 달빛은 이윽고 사막의 침묵 위에 내려앉아, 보물을 찾아 머나먼 길을 헤쳐온 한 청년의 험난한 여정을 감싸안는 듯했다.

마침내 모래언덕에 올라섰을 때, 그는 뛰는 가슴을 억누를 길이 없었다. 보름달과 사막의 순결한 흰빛으로 환히 빛나는, 신성하고 장엄한 이집트의 피라미드가 눈앞에 모습을 드러냈던 것이다.

그는 그 자리에 무릎을 꿇고 주저앉아 울음을 터뜨렸다. 자아의 신화를 믿게 되고, 늙은 왕, 크리스털 상인, 영국인 그리고 연금술사를 만날 수 있었던 것에 대해 신께 감사했다. 그리고 무엇보다도, 사랑은 결코 자아의 신화와 결별하는 것이 아님을 깨닫게 해준, 사막의 한 여인을 만날 수 있었던 것에 대해 감사했다.

오랜 세기를 건너온 피라미드가 저 높은 곳에서 그를 내려다보고 있었다. 만일 그가 원한다면, 당장이라도 오아시스로 되돌아가 파티마와 결혼하고 평범한 양치기로 살아갈 수도 있을 터였다. 그러고 보면 연금술사는 만물의 언어를 알고, 납을 금으로 변하게 하는 법을 알고 있으면서도 사막에서 계속 살고 있었다. 연금술사는 자신의 학문과 기술을 그 누구에게도 과시할 필요가 없었던 것이다. 산티아고 역시 자아의 신화를 찾아 오랜 여행을 하는 동안 필요한 모든 것을 배웠고, 그가 꿈꾸던 모든 삶을 살았다.

그는 이제 막 자신의 보물을 찾으려는 참이었고, 그 일만 순조롭게 이루어지면 더이상 남은 목표는 없었다. 그는 사막을 하염없이 바라보았다. 다시 눈물이 흘러내렸다. 풍뎅이 한 마리가 눈물이 떨어진 자리로 지나가는 것이 보였다. 이집트에서는 풍뎅이가 신의 상징이라는 말을 들은 기억이 났다. 사막의 여로 어디쯤에서였을 것이다.

그것은 또하나의 표지였다! 그는 모래를 파기 시작했다. 그 순간 누구든 자기 집 정원에 피라미드를 세울 수 있다는 크리스털 상인의 말이 떠올랐다. 그러나 그는 그 말이 틀렸음을 온몸으로 느낄 수 있었다. 남은 생, 쉬지 않고 돌을 쌓아올린다 해도 그는 결코 피라미드를 세울 수 없을 것이었다.


밤새 모래땅을 팠지만 아무것도 찾을 수 없었다. 피라미드가 건너온 장구한 시간이 저 높은 곳에서 청년을 지켜보고 있었다. 그는 압박감을 느꼈다. 그러나 포기할 수 없는 일이었다. 잠시도 쉬지 않고 파내고 또 파냈다. 바람과의 싸움도 힘겨웠다. 바람은 파낸 만큼 금세 구멍 속으로 모래를 쓸어넣었다. 힘이 풀려버린 손은 이리저리 긁혀 상처투성이였지만, 그는 자신의 마음을 믿었다. 눈물이 떨어진 자리를 파헤치라고 말한 것은 바로 그의 마음이었다.

구덩이 속에 파묻힌 돌을 빼내려 씨름하고 있을 때였다. 갑자기 발소리가 들렸다. 한둘이 아닌 것 같았다. 달빛을 등지고 있어 얼굴을 알아보기 힘들었다.

"여기서 뭐 해?"

거친 목소리가 들려왔다.

무장한 병사들이었는데, 대열에서 이탈한 무리 같았다.

겁에 질려 말이 나오지 않았다. 보물 생각을 하니 두려움은 더 커졌다.

"무얼 숨기고 있는 거지? 우린 돈이 필요해."

"아무것도 아닙니다."

그는 간신히 대답했다.

병사 하나가 그를 구덩이에서 끌어냈다. 그러고는 마구 몸을 뒤졌다. 금조각이 나왔다.

"이거 금 아니야."

달빛에 병사의 얼굴이 드러났다. 두 눈에선 살의가 느껴졌다.

"구덩이 속에 금이 더 있을지 몰라."

무리 중의 다른 병사가 소리쳤다.

그 말을 신호로 그들은 구덩이 속으로 달려들었다. 그러나 흙과 돌덩이뿐 아무것도 없었다. 그들은 그에게 땅을 더 파라고 위협했다. 결과는 마찬가지였다. 그러자 화풀이라도 하듯 그를 두들겨패기 시작했다. 동쪽 하늘에 희미한 여명이 번져오고 있었다. 옷은 갈가리 찢겨 누더기가 되었고, 그는 죽음의 그림자를 느꼈다.

"목숨을 잃으면 그게 다 무슨 소용인가? 돈으로 죽음을 미룰 수 있는 경우는 그리 많지 않아."

연금술사의 말이 귓가를 맴돌았다.

"난 보물을 찾고 있었어요!"

그는 자기도 모르게 소리치고 말았다. 그러고는 시퍼렇게 멍 들고 부어오른 입을 겨우 움직여가며 보물 얘기를 털어놓았다. 피라미드 근처에 묻혀 있는 보물에 대한 꿈을 두 번이나 꾸었다 는 얘기서껀 그간의 표지 이야기까지.

잠시 침묵이 흘렀다. 무리 중 우두머리로 보이는 자가 입을 열 었다.

"그만 가자. 이 금쪼가리가 이놈이 가진 전부야. 어디선가 훔 쳤을 테지."

그러면서 그는 매섭게 산티아고를 노려보았다. 그의 눈빛을 읽으려는 눈치였다. 그는 눈길을 피하려 혼절하듯 모래 위에 얼 굴을 묻고 쓰러졌다. 그의 눈은 피라미드 쪽을 향하고 있었던 것 이다.

자리를 뜨며 우두머리는 내뱉듯 그에게 말을 던졌다.

"걱정 마, 넌 죽지 않을 테니. 그리고 다시는 그렇게 바보처럼 살지 마. 지금 네가 쓰러져 있는 바로 그 자리에서 나 역시 이 년 전쯤 같은 꿈을 두 번 꾼 적이 있지. 꿈속에 스페인의 어떤 평원 을 찾아갔는데, 거기 다 쓰러져가는 교회가 하나 있었어. 근처 양 치기들이 양떼를 몰고 와서 종종 잠을 자던 곳이었어. 그곳 성물 보관소에는 무화과나무 한 그루가 서 있었지. 나무 아래를 파보니 보물이 숨겨져 있지 않겠어. 하지만 이봐, 그런 꿈을 되풀이 꾸었다고 해서 사막을 건널 바보는 없어. 명심하라구."

그 말을 남기고 그는 무리와 함께 모래언덕 아래로 사라져버렸다.

산티아고는 간신히 몸을 일으켰다. 그러고는 다시 한번 피라미드를 바라보았다. 피라미드는 그를 향해 조용히 미소짓고 있었고, 그 역시 피라미드를 향해 미소를 보냈다. 솟아오르는 기쁨으로 가슴이 터져나가는 것 같았다.

이제 그는 자신의 보물이 어디에 있는지 온몸으로 느낄 수 있었다.

Epilogue

에필로그

산티아고라는 이름의 청년이 있었다. 그가 어느 버려진 낡은 교회 앞에 다다랐을 때는 날이 저물고 있었다. 무화과나무는 꿈속에서 보았던 것처럼 여전히 성물 보관소 자리에서 자라고 있었다. 반쯤 무너져내린 지붕 너머로 별들이 보였다. 언젠가 양떼를 몰고 이곳에 와서 하룻밤을 보냈던 기억이 떠올랐다. 정말 평온한 밤이었다. 그날 꾼 꿈을 빼놓고는.

이제 그는 양들과 함께가 아니었다. 대신 그의 손에는 삽 한 자루가 들려 있었다.

그는 오래도록 하늘을 올려다보았다. 그러고는 배낭에서 포도주 한 병을 꺼내 마셨다. 지금처럼 별을 올려다보며 연금술사와 포도주를 마시던 사막의 밤이 생각났다. 지나온 머나먼 여행길도 하나하나 또렷이 떠올랐다. 자신에게 보물을 보여주기 위해

신이 사용했던 기이한 방법들…… 만일 그가 되풀이된 꿈을 믿지 않았더라면, 집시 노파도 늙은 왕도 도둑도 그 누구도 만나지 못했을 터였다.

'그래, 내가 만난 것들을 일일이 떠올리자면 끝이 없겠지. 하지만 내가 지나온 길에는 곳곳에 표지들이 숨겨져 있었어. 덕분에 난 실패하지 않을 수 있었던 거야.'

그런저런 생각을 하다 그는 스르르 잠이 들었다. 다시 눈을 떴을 때는 이미 해가 높이 솟아 있었다. 그는 삽을 들고 무화과나무 밑을 파기 시작했다.

"늙고 교활한 마술쟁이 같으니."

그는 하늘에 대고 소리쳤다.

"당신은 모든 걸 알고 있었잖아요? 내가 이 교회까지 올 수 있도록 금조각까지 미리 맡겨놓고 말예요. 그 수도승은 거지꼴로 나타난 나를 보고 마구 웃었다구요. 미리 알려줄 수도 있지 않았나요?"

"아닐세."

그는 바람결에 들려오는 목소리에 귀를 기울였다.

"만일 내가 미리 일러주었더라면, 그대는 정녕 피라미드를 보지 못했으리니. 어땠나? 아름답지 않던가?"

연금술사의 목소리였다.

그는 빙그레 미소짓고는 계속해서 땅을 팠다. 반시간이나 지났을까, 삽날에 무언가 딱딱한 것이 부딪쳤다. 잠시 후, 그의 앞

에는 스페인 옛 금화가 가득 담긴 궤짝이 놓여 있었다. 궤짝 안에는 눈부신 보석들, 붉고 흰 깃털로 장식된 황금 마스크, 갖가지 보석으로 세공된 조각상도 함께 들어 있었다. 아주 오래 전에 잊혀진 옛 왕국의 유물 같았다. 정복자가 보물을 숨겨놓고는 후세에 미처 그 사실을 전하지 못한 모양이었다.

그는 배낭 속에서 우림과 툼밈을 꺼냈다. 그 두 개의 돌은 언젠가 아침 무렵의 장터에서 꼭 한 번 사용했던 적이 있었다. 그러고 보면, 그 돌들 말고도 얼마나 많은 표지들이 그의 여로를 밝혀주었던가. 자아의 신화를 추구하는 사람들에게 삶은 얼마나 자비로운지 새삼 신의 뜻에 고개가 숙여졌다.

그는 그 돌들을 궤짝 속에 챙겨 넣었다. 앞으로 다시는 만나지 못할 늙은 왕에 대한 기억 때문에도 그 돌들은 그에게 소중한 보물이었다.

그때 타리파에서 만났던 집시 노파와의 약속이 머리에 떠올랐다. 보물의 십분의 일을 노파에게 주기로 했었던 것이다.

'세상을 떠돌아다녀서 그런지 집시들은 정말 약삭빠르단 말이야!'

바람이 불어왔다. 아프리카로부터 오는 바람, 레반터였다. 그러나 거기에는 사막의 냄새도, 무어 족의 침략을 전하는 위협의 기운도 실려 있지 않았다. 그 대신 그가 너무도 잘 알고 있는 향기가 담겨 있었다. 살며시, 아주 살며시 다가와 그의 입술에 내려앉는 부드러운 입맞춤.

그는 기쁨의 미소를 지었다. 그녀가 처음으로 그의 입술에 입을 맞춘 것이었다.

그는 조용히 속삭였다.

"파티마, 기다려요. 이제 그대에게 달려가겠소."

# 작가의 말

　나는 젊은 시절 한동안 연금술에 깊이 빠져 있었다. 쇠를 금으로 변하게 하고, '불로장생의 묘약'을 발견할 수 있다니! 너무도 매혹적인 세계였다.

　고백하자면, '불로장생의 묘약' 쪽에 훨씬 마음이 끌렸다. 그 무렵, 언젠가는 세상의 모든 것들이 내게서 사라져버릴 거란 생각은 내 젊은 영혼을 괴롭히고 있었다. 신의 존재를 느끼고 받아들이기 전이었다. 그랬으니 내 존재를 오래도록 연장시켜줄 수 있는 어떤 액체의 가능성은 나를 눈멀게 하기에 충분했다. 나는 그 물질을 얻는 데 혼신의 노력을 기울이기로 마음먹었다.

　1970년대 초, 사회적 격변의 시기였다. 연금술에 대해서는 제대로 된 자료를 구하기 힘든 때였다. 서점을 뒤져 어렵게 원서를 찾았다. 소설 속 영국인과는 달리 내겐 선대의 유산이 없었지만,

만만찮은 책값을 지불했다. 책을 붙들고 연금술의 난해한 언어들을 파고들었다. 리우데자네이루에는 오랫동안 '위대한 업'에 헌신해온 두세 명이 있었지만, 그들은 나를 받아주지 않았다. 실험실을 차려놓고 연금술사라 자칭하는 사람들도 적지 않았다. 그들을 찾아 몇 가지 기술을 배우기도 했다. 그러나 지금 돌아보면 그들 역시 아무것도 모르고 있었다.

분주히 뛰어다녔지만 아무런 소득이 없는 나날이었다. 연금술 안내서들도 거의 도움이 되지 못했다. 용, 사자, 태양, 달, 수은들에 대한 끝없는 상징뿐이었다. 상징에 대한 명쾌한 설명은 어디에도 없었다. 늘 엉뚱한 길로 접어들고 있다는 느낌뿐이었다.

1973년이었을 것이다. 공부에 아무런 진전이 없자 나는 극도의 절망감에 사로잡힌 나머지 무책임한 행동을 저지르기도 했다. 마투 그로수 주정부에서 연극 교육 프로그램을 맡아달라는 부탁을 받고는, 수강생들을 연금술의 연구 대상으로 삼을 생각을 했던 것이다. '에메랄드 판'을 테마로 만든 실험 연극은 당연히 엉망진창이 되고 말았다. 음습한 마법의 골짜기에 내 마음을 맡겨버렸던 것이다. 그 이듬해 나는 "모든 일에는 결국 치러야 할 대가가 있다"는 옛말을 아프게 새겨야 했다.

내 인생의 그 다음 6년간을 지배한 것은 지독한 회의였다. 그간 나를 사로잡았던 신비의 언어들은 모두 거짓인 것 같았다. 영혼의 유배기였다. 그러나 나는 이 절망의 바닥에서 비로소 신의 음성에 귀기울이게 되었다. 우리가 마음 깊이 거부하는 것이야말로 마침내 우리가 받아들여야 할 것이었다. 우리는 스스로의 운명으로부터 벗어날 수 없으며, 그 많은 시련과 시험에도 불구하고 신의 손길은 언제나 한없이 자애롭다는 걸 받아들이게 되었다.

1981년, 나는 내 운명의 길을 다시 찾게 해준 스승 람을 만났다. 스승의 가르침을 받으면서 나는 연금술의 길로 돌아올 수 있었다. 혹독한 정신감응 훈련을 마치고 난 저녁으로 기억된다. 나는 연금술의 언어가 그토록 어렵고 모호한 이유를 물었다.

"연금술사에는 세 부류가 있네."

스승의 대답이었다.

"연금술의 언어를 아예 이해하지 못한 채 흉내만 내는 사람들이 있는가 하면, 이해는 하지만 연금술의 언어는 머리가 아닌 가슴으로 따라가야 한다는 것 또한 알기에 마침내 좌절해버리는 사람들이 있지."

"그럼 세번째 부류는요?"

"연금술이라는 말을 한 번도 들어본 적이 없으면서도 연금술의 비밀을 얻고, 자신의 삶 속에서 '철학자의 돌'을 발견해낸 사람들일세."

아마도 스승은 스스로를 두번째 부류에 놓고 있는 듯했다. 나는 스승으로부터 본격적으로 연금술을 배우기 시작했다. 상징의 언어란 만물의 정기, 또는 카를 구스타프 융이 말한 집단 무의식에 도달하는 유일한 방법임을 이해했다. 자아의 신화, 그리고 그 단순함 때문에 받아들이기를 거부했던 신의 표지들도 알게 되었다. '위대한 업'은 하루아침에 이루어지는 게 아니었다. 그것은 하루하루 자아의 신화를 살아내는 세상 모든 사람 앞에 조용히 열려 있었다. '위대한 업'은 달걀 모양의 어떤 것 혹은 플라스크에 담긴 액체 따위가 아닐 터였다. 만물의 정기 속으로 깊이 잠겨 들어가 만나게 되는 '하나의 언어', 그것일 터였다. 그리고 그 순간 우리는 영혼의 연금술사가 되지 않겠는가.

스승이 세번째 부류의 연금술사를 설명하며 내게 해주었던 이야기가 있다. 여기에 옮긴다.


성모 마리아께서 아기 예수를 품에 안고 수도원을 찾으셨다. 사제들이 길게 줄을 서서 성모께 경배를 드렸다. 어떤 이는 아름다운 시를 낭송했고, 어떤 이는 성서를 그림으로 옮겨 보여드렸다. 성인들의 이름을 외우는 사제도 있었다.

줄 맨 끝에 있던 사제는 볼품없는 사람이었다. 제대로 된 교육도 받은 적이 없었다. 곡마단에서 일하던 아버지로부터 공을 가지고 노는 기술을 배운 게 고작이었다. 다른 사제들은 수도원의 인상을 흐려놓을까봐 그가 경배드리는 것을 막으려 했다. 그러나 그는 진심으로 아기 예수와 성모께 자신의 마음을 바치고 싶어했다. 그는 주머니에서 오렌지 몇 개를 꺼내더니 공중에 던지며 놀기 시작했다. 그것만이 그가 보여드릴 수 있는 유일한 재주였다.

아기 예수가 처음으로 환하게 웃으며 손뼉을 치기 시작했다. 성모께서는 그 사제에게만 아기 예수를 안아볼 수 있도록 허락하셨다.

파울로 코엘료

옮긴이 **최정수**

연세대학교 불어불문학과와 동 대학원을 졸업하고 전문번역가로 활동하고 있다. 파울로 코엘료의 『연금술사』『오 자히르』『마크툽』, 기 드 모파상의 『오를라』『기 드 모파상: 비곗덩어리 외 62편』, 프랑수아즈 사강의 『한 달 후, 일 년 후』『어떤 미소』, 아니 에르노의 『단순한 열정』, 아멜리 노통브의 『아버지 죽이기』, 시몬 드 보부아르의 『모스크바에서의 오해』와 『브뤼셀의 두 남자』『지하철에서 책 읽는 여자』『네 남자의 몽블랑』 등을 우리말로 옮겼다.

문학동네 세계문학

일러스트 연금술사

1판 1쇄 │ 2005년 12월 1일
1판 27쇄 │ 2025년 1월 6일

지 은 이 │ 파울로 코엘료
그    림 │ 뫼비우스
옮 긴 이 │ 최정수
책임편집 │ 김지연 김미정
펴 낸 곳 │ (주)문학동네
펴 낸 이 │ 김소영
출판등록 │ 1993년 10월 22일 제2003-000045호

주    소 │ 10881 경기도 파주시 회동길 210
전자우편 │ editor@munhak.com
전화번호 │ 031) 955-8888
팩    스 │ 031) 955-8855

ISBN 89-546-0056-5 03890

www.munhak.com

## 문학동네가 펴내는 파울로 코엘료의 책들

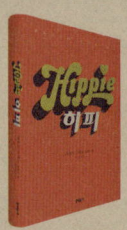

### 히피 장소미 옮김
나 자신을 알고자 한다면 주위를 둘러보는 일부터 시작하라!
세상이라는 진실한 교실 위, '매직 버스'를 타고 세계를 여행하며 '나'와 인생의 진리를 발견하는 젊은이들의 이야기. 70년대 '히피'로 살아간 코엘료의 청년 시절의 경험, 깨달음을 얻게 되기까지의 모험과 방황, 사랑과 상처 등이 생생히 녹아든 작품.

### 스파이 오진영 옮김
자유롭고 독립적인 여성이라는 것, 그것이 그녀의 유일한 죄였다
1차 세계대전중 이중 스파이 혐의로 기소된 전설의 무희, 시대를 앞선 페미니스트 마타 하리. 삶의 어느 순간에도 진정한 나로 살고자 했던 그녀가 우리 시대에 던지는 고귀한 메시지.

### 불륜 민은영 옮김
우리를 변하게 하는 것, 그것은 오직 사랑이다!
'영혼의 연금술사' 파울로 코엘료가 말하는 진정한 사랑, 그리고 자유. 일상의 권태 앞에 흔들리며 우리가 잊고 있던 삶의 의미와 사랑의 소중함에 관한 이야기.

### 아크라 문서 공보경 옮김
다시 시작하라, 오늘이 네 삶의 첫날인 것처럼
모든 것이 파괴된 후에도 사라지지 않을 인생의 진리는 무엇입니까? 우리 시대 가장 사랑받는 작가 파울로 코엘료가 삶의 의미와 방향을 잃고 두려움을 느끼는 사람들에게 들려주는 지혜의 목소리.

### 알레프 오진영 옮김
꿈꾸는 이는 결코 길들여지지 않는다
영혼을 두드리는 작가 파울로 코엘료의 '모든 것'이자 '새로운 출발'을 보여주는 작품. 그가 한 발 한 발 온몸으로 새기며 나아간 9288킬로미터의 여정, 길 위에서 전하는 뜨거운 메시지.